ये दुनिया गोल है।

AF833847

राजिंदर कुमार सूर्यवंशी

Made with ♥ on the Notion Press Platform
www.notionpress.com

क्रम-सूची

प्रस्तावना

प्रस्तावना

ये दुनिया गोल है

लेखकः राजिंदर कुमार सूर्यवंशी

संपादक एवम चित्रकारः सुधीर खुराना

भूमिका

यह कहानी प्रशांत नगर से शुरू होती है। प्रशांत नगर से पाँच किलोमीटर दूर एक सरकारी स्कूल है। इस सरकारी स्कूल में छात्र, छात्रायें दोनों एक साथ पढ़ते हैं। इसी स्कूल में दो जिगरी दोस्त भी पढ़ते हैं। जिनके नाम टोनी और टाइगर हैं। ये दोनों आठवी कक्षा के विधार्थी हैं और प्रशांत नगर में ही रहते हैं। दोनों पढ़ाई में हमेशा अव्वल आते हैं पर दोनों बचपन से ही बहुत शातीर दिमाग के हैं। दोनों अपने दिमाग से लोगों को आसानी से बेवकूफ बनाते रहते हैं। हालांकि ये दोनों ही मध्यम वर्ग के परिवार के हैं। मगर ये शुरू से ही गरीबों की मदद करने की कोशिश करते रहते हैं। प्रशांत नगर में स्कूल से सटी हुई एक झोपड़ पट्ठी भी है। इसमें तकरिबन 1 लाख लोग रहते हैं। वे सब बहुत गरीब हैं और बहुत मुशकिल से अपना गुज़र बसर करते हैं। स्कूल दूर होने के कारण यहाँ के बच्चों को बस या टैक्सी से स्कूल जाना पड़ता है।

आमुख

टोनी और टाइगर दोनों स्कूल जाने की तैयारी कर रहे हैं। टोनी के परिवार में कुल पाँच सदस्य हैं और टाइगर के परिवार में कुल चार सदस्य रहते हैं।

जानकी: बेटा टोनी जल्दी तैयार हो जा। स्कूल जाने में देरी हो रही है। तेरे पापा गुस्सा कर रहे हैं। बस का टाईम होने वाला है। फटाफट नाश्ता कर और निकल।

टोनी: जी मम्मी, मैं बस दो मिनट में आता हूँ। हाँ मम्मी मैं आ गया, जल्दी से नाश्ता दे दो। मम्मी, पापा ने नाश्ता कर लिया क्या?

जानकी: नहीं अभी नहीं, अभी वो पूजा कर रहे हैं। वो बाद में करेंगे। ये ले पाँच रुपए किराए के और सुन अगर टाइगर को देर हो रही हो तो तू अकेला ही स्कूल चले जाना। उसकी वेट मत करते रहना, समझा।

टोनी: मम्मी आप तो जानती हैं। मैं टाइगर के बिना कभी नहीं जाता। हम हमेशा साथ साथ ही रहते हैं। हम दोनों का जीना मरना एक साथ है। अच्छा अब मैं चलता हूँ।

जानकी: सुन बेटा, ये पैसे किसी को मत देना और बस से स्कूल जाना, नहीं तो लेट हो जाओगे। पिछली बार की तरह पैसे किसी भिखारी को मत दे देना।

शमशेर: अरी ओ भागवान नाश्ता तैयार हुआ या नहीं? जल्दी करो टाइगर के स्कूल जाने के टाइम हो रहा है।

टाइगर: अरे पापा, टोनी आया या नहीं?

हरबंस: हे भगवान, ये दोनों तो एक दूसरे से अलग ही नहीं होते। सारा दिन एक दूसरे के साथ रहते हैं मगर फिर भी इनका पेट नहीं भरता एक दूसरे के बिना। ले आ गया टोनी।

टोनी: मम्मी, पापा, गुड मोर्निंग। अरे वाह क्या ओमलेट बना है।

शमशेर: गुड मोर्निंग बेटा, लो थोड़ा तुम भी खा लो और जल्दी से स्कूल के लिए निकलो।

टाइगरः अरे टोनी, यार जल्दी भाग वरना 7 बजे वाली बस छूट जायेगी।

टोनीः अरे यार तू चिंता मत कर, उस बस का ड्राइवर हमें जानता है। वो हमें देखते ही बस रोक देगा।

तभी ड्राइवर ने उन दोनों को देखकर बस रोक दी...

टोनीः थैंक्स ड्राइवर अंकल। आपने हमें देख कर बस रोक दी नहीं तो आज हम स्कूल के लिए लेट हो जाते।

ड्राइवरः अरे बेटा आपको देखकर बस क्यों नहीं रोकता! अरे आप दोनों की वजह से ही तो ये बस के शीशे सही सलामत हैं, वरना ये स्कूल के बच्चे तो..... चलो आ जाओ जल्दी।

थोड़ी देर के बाद

ड्राइवरः लो बेटा, स्कूल आ गया।

टाइगरः अच्छा अंकल बाय.... फिर मिलते हैं।

ड्राइवरः बाय बेटा.....

टोनीः अरे यार टाइगर, वो देख उस छोटी सी लड़की को, देख कैसे रो रही है?

टाइगरः चल जा कर पूछ लेते हैं उससे, अभी स्कूल शुरू होने में 10 मिनट हैं। अरे मुनिया, अरे अरे हमारी मुनिया को क्या हुआ, क्यों रो रही है हमारी मुनिया?

टोनीः अच्छा, पहले रोना बंद करो और पहले अपना नाम बताओ।

मुन्नीः हमारा नाम मुन्नी है। हम दूसरी कक्षा में पढ़ते हैं और हम यहीं पास की बस्ती में रहते हैं। वो देखो दूर वो जो झोपड़ी है ना वो हमारी है। क्या हम आप दोनों को अपना भईया कह सकते हैं? क्योंकि हमारा कोई भाई नहीं है।

टाइगरः हाँ हम दोनों तुम्हारे भैया हैं। अब बोलो तुम रो क्यों रही हो?

मुन्नीः हमारी ऊँगली पकड़ो और हमारे साथ चलो। ये जो दूध वाला भईया है ना, ये हमें दूध नहीं देता।

टाइगरः क्या बात है भैया, तुम इसे दूध क्यों नहीं दे रहे हो? तुम देख नहीं रहे कि ये छोटी सी बच्ची रो रही है। आपको तरस नहीं आया, इस छोटी सी बच्ची पर?

दूधवाला: अरे बिटवा, हम ई का कही रहिन की तुम अपनी मातारी को बुलवा लावो, बस ई रोने लगी।

टोनी: ओ तो ठीक है,भैया पन, तुम ई का दूध काहे की खातिर नाही दे रहे हो?

दूधवाला: अरे बिटवा, इती महँगाई में दूधवा फ्री में नहीं मिल सकत। ई छूटकी पैस्वा कहीं गिरा दीन है और अब रोन लगी।

टाइगर: अरे मुन्नी, तुम्हारे मम्मी, पापा कहाँ हैं? जाओ उन्हें बुला कर लाओ?

(ये सुनकर मुन्नी फिर से रोने लगी।)

अरे अरे क्या मुसीबत है! अच्छा रोना बंद करो और ये बताओ कि तुम्हारे पापा कहाँ हैं?

मुन्नी: भईया, मम्मी, पापा पू।

टोनी: ले बेटा और ले पंगें, अब बता कि ये पू का क्या मतलब है?

टाइगर: यार इसके दो मतलब हो सकते हैं। यां तो इसके मम्मी, पापा काम पर गए हैं, यां फिर अगर ये बिना दूध लिये घर गई तो इसकी पिटाई होगी। मगर अब इस मुसिबत का क्या हल निकालें? मेरे पास तो सिर्फ दो रुपए हैं और वो भी बस का किराया। तेरे पास कितने पैसे हैं?

टोनी: यार मेरे पास भी सिर्फ तीन ही रुपए हैं और वो भी किराये के हैं। अच्छा मुन्नी तुम यहीं रहना कहीं जाना मत, हम अभी आते हैं। टाइगर यार तू मेरे साथ आ, देख वो जो मैडम खड़ी है ना बस स्टेंड पर। उसके पास जा कर कुछ नाटक करना पडेगा।

टाइगर: मैं समझ गया।

टोनी: यार वो देख वहाँ संतरे के छिलके पढ़े हैं ज़रा वो ले आ।

टाइगर: अरे तू उन छिलकों का क्या करेगा?

टोनी: मैं जैसे ही उस मैडम के पास पहुँच जाऊँ, तब तू उन छिलकों का पानी मेरी आँखों में डाल देना। उससे मेरी आँखों से पानी आना शुरू हो जाएगा और मेरी आँखें भी लाल हो जायेंगी। उसे लगेगा कि मैं काफी देर से रो रहा हूँ। बस तू मेरी आँखों में ये पानी डालकर मुझे मैडम के पास छोड़ दे।

टाइगर: मैं समझ गया, ले मैंने तेरी आँखों मे ये पानी डाल दिया।

टोनी मैडम के पास गया और सिस्कियाँ भर कर रोने लगा।

मैडमः अरे बेटा, इसे क्या हुआ? ये रो क्यों रहा है? क्या इसे किसी ने मारा है?

टोनीः मैडम, प्लीज़ हैल्प मी।

मैडमः वट हैपन?

टाइगरः मैडम, हम दोनों आर्यसमाज स्कूल में पढ़ते हैं। आज हमारा मैथ्स का पेपर है और स्कूल यहाँ से काफी दूर है। हमारे किराए के पैसे कहीं गुम हो गए हैं। कृपा आप हमारी हैल्प कर दीजिए।

मैडमः अरे कोई बात नहीं, ये लो दस रुपए और सीधा स्कूल जाओ।

टोनीः थैंक्स आंटी, बाय.....

अंजान व्यक्तिः लो बेटा, ये 20 रुपए भी रख लो, तुम्हारे काम आयेंगें।

टोनीः अरे नहीं चाहिए, हम कोई भिखारी नहीं हैं। क्यो बेटा टाइगर, कैसी रही?

टाइगरः लो भैया दूध वाले, मुन्नी को पूरा गिलास दूध दे दो। हम तुम्हें पूरे पैसे देंगें। लो मुन्नी, ये दूध लो और सीधा अपने घर जाओ। हाँ, भैया कितने पैसे हुए?

दूधवालाः बिटवा, पाँच रुपए हो गए।

टाइगरः अच्छा ठीक है, तो फिर 5 रुपए वापिस करो, हमें स्कूल के लिए देर हो रही है।

दूधवालाः मगर तुम हमें कित्ते पैसे दियन हो?

टाइगरः अरे अभी तो पूरे 10 रुपए दिए हैं आपको। चलो 5 रुपए वापिस करो।

दूधवालाः अरे बिटवा, तुम हमें पैसा नहीं दिये हो।

टोनीः अंकल, आंटी, देखिए ना, क्या हम आपको बिना पैसे दिए दूध लेने वाले लगते हैं। क्या कोई बिना पैसे लिए हुए हमें दूध देगा?

आंटीः अरे नहीं बेटा, आजकल कोई बिना पैसे के पानी नहीं देता, तो दूध कौन देगा?

टाइगरः वही तो आंटी जी, अब हमने इसे 10 रुपए दिए और भैया आपने हमें दूध कितने का दिया?

दूधवाला: 5 रुपए का।

टोनी: हाँ, तो फिर कितने पैसे बचे?

दूधवाला: 5 रुपए आप के बचे!!!!

टाइगर: तो लाओ फिर, हमें हमारे 5 रुपए वापिस करो।

आंटी: अरे भैया, तुम तो बच्चों को सरेआम लूट रहे हो। अभी तुमने ही तो कहा कि इनके 5 रुपए देने हैं। अरे तो दो ना इनके पैसे और इन्हें जाने दो।

दूधवाला: लो बिटवा अपने 5 रुपए लो। आज तो हमारी खोपड़िया ही घूम गई है।

टाइगर: देखा टोनी, इसने आज जितना मुन्नी को रुलाया था। आज दिन भर ये सोचता रहेगा कि आज इसके साथ हुआ क्या है? चल यार अब चलें आज तो 15 मिनट लेट हो गए हैं। आज तो पिटाई पक्की है।

महिला: अरे भैया दूधवाले तुम क्या पागल हो गए हो? ये क्या रट लगा रखी है। 5 रुपए का दूध दिया, दस में से 5 गए 5। अरे मुझे आधा किलो दूध दे रहे हो या मैं यहाँ से जाँऊ।

उधर वो दोनों स्कूल पहुँचे........

टोनी: सर क्या हम अंदर आ सकते हैं?

मास्टर जी: अरे आइये आइये, अरे सब बच्चे खड़े हो का इनका स्वागत करो। ये देखो कक्षा के लाट साहब आए हैं। अरे साहब ये तो बताओ कि इतनी देर कहाँ थे?

इतनी बात सुन कर कक्षा के सभी छात्र ज़ोर ज़ोर से हसने लगे....

किरण: आज इन दोनों को पता चलेगा, बड़े चालाक बनते हैं।

ज्योती: यार आज अगर सर इन्हे मुर्गा बना कर इन दोनो की ड़न्ड़े से पिटाई करें तो मज़ा आ जायेगा।

मास्टर जी: कौन बोला, सब चुप रहो। हाँ तो टोनी तुम बोलो कि आज तुम दोनों आज लेट क्यों आए हो? देखो अगर सच बोलोगे तो बच जाओगे, वरना सबके सामने मेज़ पर खड़ा करके मुर्गा बना दूँगा।

टोनी: सर बड़े दिन हो गए हैं, हमने किसी की आरज़ू पूरी नहीं की है और हमारी क्लास में दो लोगों की आरज़ू है कि हम मुर्गा बने। चलिए, आज उनकी आरज़ू पूरी कर देते हैं। आप हमें मुर्गा बना दीजिए।

मास्टर जी: अरे टोनी, ये तुम किस की बात कर रहे हो?

टाइगर: सर मैं आपको सच सच बताता हूँ कि टोनी क्या कहना चाहता है। परन्तु कह नहीं पा रहा है। सर हम तो स्कूल के गेट पर समय से दस मिनट पहले ही पहुँच गए थे। मगर, सर आप हमें बतायें कि अगर हमारे सामने कोई हमारी ही कक्षा की लड़कियों को हाथ पकड़ें और कहे कि जानेमन, आज तुम हमारे साथ पढ़ाई कर लो। तो सर हम ये कैसे सहन कर सकते थे?

टोनी: अरे सर, हमने जब उन लड़कियों के चहरे देखे तो हम दंग रह गए। अरे सर वो दोनों तो हमारी क्लास की ही लड़कियाँ थी। मैंने टाइगर से कहा अरे यार ये तो किरण और ज्योती हैं।

टाइगर: फिर क्या था सर.....

तभी किरण और ज्योती दोनों एक साथ बोल पड़ी....सर सर हमारी बात सुनिए....

मास्टर जी: कौन बोला बीच में? चुप बैठो, कितनी अच्छी कहानी चल रही है। हाँ टाइगर तुम बोलो, आगे क्या हुआ?

टोनी: बस सर फिर क्या था! हमारा खून खोल उठा और फिर किरण को मैंने छूड़वाया और ज्योती को टाइगर ने। सर हमनें इन दोनों को स्कूल भेजा दिया और कहा कि हम उन्हें सबक सिखा कर आते हैं, ताकि वो फिर से किसी लड़की को छेड़ ना सकें। बस सर इसी चक्कर में हमें देर हो गई।

मास्टर जी: शाबाश बेटा, आओ बैठो अपनी सीट पर। हाँ बेटा ज्योती, किरण आप दोनों कुछ कह रही थी?

किरण और ज्योती: सर ये दोनों एक नम्बर के बल्फ मास्टर हैं और अपने आप को बचाने के लिए सरासर झूठ बोल रहे हैं और आपको झूठी कहानी सुना रहे हैं। सर हम दोनों के साथ ऐसा कुछ भी नहीं हुआ है।

टाइगर: सर से दोनों ठीक कह रही हैं। सर कोई भी लड़की अपनी बेज्जती कैसे सुन सकती हैं और वो भी भरी क्लास में, सबके सामने। सर इनके स्थान पर हम भी होते तो हम भी लज्जा के मारे शर्मा जाते। सर अब इस बात को यहीं खत्म कीजिए।

मास्टर जी: बेटी, कोई बात नहीं। ये सब तो जीवन में होता ही रहता है। इसे एक बुरा सपना समझ कर भूल जाओ। चलो अब सब को मैं एक प्रश्न पूछता हूँ। बताओ, इस संसार में इन्सान का सबसे बड़ा दुश्मन कौन है?

पराग: सर, लड़कों के लिए या लड़कियों के लिए?

मास्टर जी: दोनों के लिए।

पराग: सर लड़कियों के लिए तो उनके सर के जूँ हैं। बेचारी सारा सारा दिन अपना सर खूजाती रहती हैं।

सब उसकी बात सुनकर हंसने लगे......

मास्टर जी: बैठ जाओ। हाँ अनु आप बोलो, क्या कहना है आपको?

अनु: सर मुझे तो मैथ्स अच्छा नहीं लगता और इसी लिए मुझे मैथ्स के सर से डर लगता है। क्योंकि वो मेरी पिटाई करते हैं।

मास्टर जी: बैठ जाओ। हसों मत।

सुनिता: सर इंसान का सबसे बड़ा दुश्मन है काकरोच और छिपकली है। मुझे इनसे बहुत डर लगता है।

इस तरह से सभी बच्चों ने हसीं मजाक में बात खत्म कर दी।

मास्टर जी: देखो, आप सभी ने कुछ ना कुछ उत्तर दिए। लेकिन किसी ने भी सही उत्तर नहीं दिया। इसलिए अब हम उसका उत्तर देते हैं।

टाइगर: ठहरिए सर, हम इसका उत्तर देते हैं। सर इस संसार में इंसान का दुश्मन है उसकी गरीबी।

टोनी: सर मेरी भी वही जवाब है। यह जवाब सुनकर सभी बच्चे हसने लगे।

मास्टर जी: सभी बच्चे चुप हो जाओ। टोनी और टाइगर ने बिलकुल ठीक उत्तर दिया है। आज के दौर में इंसान हर चीज़ के लिए मजबूर हो जाता है और उसका कारण होती है उसकी गरीबी। इसलिए इंसान की सबसे बड़ी दुश्मन उसकी गरीबी है। इस गरीबी को मिटाने के लिए आपको अपनी पढ़ाई करनी चाहिए, ताकि गरीबी आपको हमेशा हमेशा के लिए छोड़ कर चली जाए। ये सुनकर सभी बच्चो ने ज़ोर ज़ोर से तालियाँ बजाई। इतने में स्कूल के खत्म होने की घंटी बज गई और सब बच्चे अपने अपने घर की ओर जाने लगे।

रास्ते में किरण और ज्योति ने टोनी और टाइगर को रास्ते में रोका और पूछा.........

किरण: टोनी, आप दोनों ने हम दोनों का नाम झूठ मूठ क्यों लिया? सारे क्लास के बच्चे हमारे बारे में क्या सोचेंगें? आप दोनों की वजह से हमारी बहुत बेज़्जती की है। आप दोनों को हमसे माफी माँगनी पढ़ेगी।

टाइगर: यदि हम आपसे माफी ना माँगें तो?

किरण: तो हम आपकी दोनों की शिकायत, मास्टर जी से कर देंगें।

टोनी: देखो, इसकी शुरुवात आप दोनों ने ही की है। आप दोनों ही तो आपस में बात कर रही थी ना कि आप हमें मुर्गा बनावा कर मास्टर जी से हमें पिटवाना चाहती थी ना। बोलो, बोलो, अब क्या हुआ?

ज्योति: अरे वो तो हमने यूँ ही मज़ाक में कहा था। क्या हम मज़ाक नहीं कर सकते?

टाइगर: हाँ, बिलकुल कर सकते हैं ठीक है, हम दोनों आपसे क्षमा माँगते हैं। हमने तो हमेशा आप दोनों को अपना समझा है। लेकिन, आप दोनों ने हमें अपना नहीं समझा।

किरण: अरे नहीं नहीं। हम दोनों तो ये सोच रहे थे कि यदि वास्तव में हमारा हाथ किसी ने पकड़ लिया होता तो आप दोनों चूहे की भांति बिल में घुस जाओगे।

टाइगर: देखो ज्योति, हम एक बात आपको साफ साफ कहना चाहते हैं। हमने हमेशा आपकी ईज़्ज़त की है और टोनी किरण के लिए कुछ भी कर सकता है। जब तक आप हमारे साथ पढ़ रही हैं, तब तक आप दोनों को कोई छू भी नहीं सकता। वक्त आने पर हम दिखा देंगें कि बिल में कौन घुसता है।

ज्योति, किरण: आप दोनों हमें माफ कर दीजिए, आगे से हम आपको कुछ नहीं कहेंगें। अच्छा अब हम चलते हैं।

किरण: यार, ये दोनों तो हमारे लिए कुछ भी कर सकते हैं। लेकिन कोई इतनी बड़ी बात तभी कह सकता है, जब वो किसी को प्यार करते हो। यार ज्योति, मुझे तो टाइगर बहुत पसंद है। लगता है कि मुझे टाइगर से प्रेम हो गया है।

ज्योतिः यार तेरी बात में दम है। यार मेरी हालत भी कुछ तेरी जैसी है, मुझे भी टोनी के साथ कुछ ऐसा ही महसूस हो रहा है। चल, बस आ गई है।................

जगदीश (किरण के पिता): अरे पुष्पा, देखो, किरण बिटिया आ गई है। उसे दूध दे दो और मेरे लिए एक कप चाय बना दो।

पुष्पाः किरण तुम दूध पियोगी या चाय। आज क्या बात है, आज तो तेरा चेहरा बहुत चमक रहा है। तेरा रिजर्ट तो परसो आने वाला है।

किरणः पापा, मम्मी हमारा रिजर्ट तो हमें आज ही मिल गया है।

पुष्पाः अरे आज ऐसा क्या हो गया?

किरणः अरे माँ, आप नहीं समझेंगी। मम्मी अब वो दिन दूर नहीं जब हमारा कोलज जाने का सपना पूरा होने वाला है। बस इसीलिए, हम बहुत खुश हैं।

पुष्पाः वो सब ठीक है। ले मैनें तेरे लिए कोफी बनाई है पी ले, ले सोनू भी आ गया। ले बेटा तू भी कोफी पी ले।

जगदीशः बेटा सोनू, आपका पेपर कैसा हुआ?

सोनूः बहुत अच्छा हुआ। अरे मम्मी ये किसके जन्मदिन को कार्ड आया है?

पुष्पाः अरे ये तो भूषण भैया के बेटे भानू के जन्मदिन को न्योता है। उसका दूसरा जन्मदिन है ना।

सोनूः मेरे तो पेपर चल रहे हैं इसलिए मैं तो नहीं जा सकता।

जगदीशः बेटा ये तो बच्चों की पार्टी है। इसमें हम लोगों का क्या काम, आपको ही जाना पढ़ेगा।

किरणः अरे कोई बात नहीं भैया, आप अपनी पढ़ाई देखो, हम चले जायेंगें।

पुष्पाः हाँ, ये ठीक रहेगा।

उधर ज्योति के घर पर.........

सूरजभानः ज्योति बेटा, आज आप लेट हो गए, कहीं चले गए थे क्या?

ज्योतिः नहीं पापा, आप तो जानते ही हैं कि अब हमारा कालेज जाने का समय आने वाला है। इसलिए हम किरण के साथ उसी की बात कर

रहे थे। हमारी क्लास में दो लड़के हैं, जो हमेशा हमारा ध्यान रखते हैं। वो भी हमारे ही कालेज में आने की बात कर रहे थे। बस, इसीलिए हम लोग लेट हो गए।

पलवली (मम्मी): अरे अभी तो पूरा एक साल पड़ा है तुम्हारे कालेज जाने में। अभी से उसकी चिंता क्यों कर रहे हो?

ज्योति: अरे मम्मी, ये साल तो ऐसे ही खत्म हो जायेगा। लेकिन आप ये सब छोड़िए और ये बताइए कि खाने के लिए क्या है? हमें बहुत ज़ोर से भूख लगी है।

पलवली: पता है आज तेरे पापा, तेरी मन पसंद की चीज़ लेकर आए हैं। बता तो ज़रा क्या हो सकता है?

ज्योति: (पापा के कान में) पापा, हमें जल्दी से बताओ कि आप हमारे लिए क्या लाए हो? हम तो खुशी के मारे ये भी भूल गए कि हमारी पसंद क्या है।

सूरजभान: अरे बेटा हम आपके लिए आपके पसंद के स्प्रिंग रोल ले कर आए हैं।

ज्योति: मम्मी.....हमें लगता है रस मलाई, अरे नहीं ये तो मीठा है। हाँ पापा हमारे लिए स्प्रिंग रोल लेकर आए होंगें।

पलवली: बिलकुल सही। ये लो और गर्मा गर्म खाओ। आप भी लीजिए। बेटा, हम जानते हैं कि आज हमारी बिटिया कहीं खोई हुई है। इसीलिए तो हमने आपसे पूछा कि आपके पापा, आपकी पसंद की क्या चीज़ लाए हैं? हम ये भी जानते थे कि आप इस बात को नहीं बता पाओगे। इसलिए आपने इस सवाल का जवाब अपने पापा से पूछा।

ज्योति: ये बड़ी गलत बात है। मम्मी आपने हमारे साथ चीटिंग की है।

पलवली: अच्छा सुन ये जन्मदिन का कार्ड आया है। कल शाम को चले जाना पार्टी में।

ज्योति: मम्मी, किसका जन्मदिन है?

पलवली: अरे बेटा भूष्ण भैया के बेटे, भानू प्रताप का दूसरा जन्मदिन है। वो लोग बड़ी धूमधाम से मना रहे हैं। सारे शहर को बुलाया है।

ज्योति: फिर तो वो भी आयेंगें।

पलवली: किसकी बात कर रही है?

ज्योति: अरे मम्मी तुम नहीं समझोगी, हम तो बस यूँ ही कह रहे थे। हमें किसी की याद आ गई।

उधर टोनी के घर....

पिता सुधीर: अरे बेटा, टोनी। आज आप लेट हो गए। हम कब से आप का इंतज़ार कर रहे थे।

टोनी: क्या हुआ पापा? आप हमारे लिए इंतज़ार क्यों कर रहे थे?

बहन शालिनी: भैया, आजकल आप लेट लतीफ हो गए हैं। लगता है कालेज की तैयारियाँ शुरु हो गई हैं।

छोटा भाई विजय: भैया, आपके इंतज़ार हम कबसे कर रहे हैं? आप भूल गए कि आज सोनिया दीदी के घर जाना था।

टोनी: यार इतनी सी बात से परेशान हो गए? आप लोग चले जाओ, हम किसी और दिन चले जायेंगें।

मम्मी जानकी: अरे बेटा, तेरा जाना बहुत जरुरी है। शालिनी और तुझे तो सोनिया के घर वालो ने जरुरी बुलाया है। तू भी तो सोनिया को पहली बार देखेगा। अब वो भी 20 साल की हो गई है।

टोनी: ठीक है मम्मी, तो फिर चलो, मुझे वापस आ कर पढ़ाई भी करनी है।

मम्मी जानकी: अच्छा सुन कल भानू भैया के बेटे का जन्मदिन है। उसके लिए कोई गिफ्ट ले लेना और तुम दोनो भाई बहन चले जाना।

कुछ देर बाद सभी लोग सोनिया के घर पहुँचे.........

सुधीर: सुनील भाई साहब नमस्ते, भाभी जी नमस्ते। ये है हमारा बेटा, टोनी, ये शालिनी और ये छोटा बेटा, विजय।

सुनील: बहुत छोटे छोटे थे, जब इन्हें देखा था। अब तो बच्चे बड़े हो गए हैं। आपका टोनी तो काफी लम्बा हो गया है।

तभी.............

अरे आओ बेटी सोनिया...

सोनिया: अंकल, आंटी जी नमस्ते। हाय टोनी कैसे हो? मैं आप तब के लिए ताय लाती हूँ। लीदिए ताय आ गई, सब लोग ताय पीदिए। अले

मम्मी दी आप भी लीदिए, मैंनें अपने हाथों से बनाई है, क्यों अती है ना?

पलवली: हाँ, बेटा बहुत अच्छी बनी है। बेटा, आज कल क्या कर रही हो?

सोनिया: मम्मी दी, हम पल लहे हैं। हम बालवीं तलास में पलते हैं।

पलवली: अच्छा भाई साहब, अब हम चलते हैं। फिर कभी आप लोगों से मुलाकात होगी।.......

शालिनी: क्यों टोनी भैया, कैसी लगी आपको सोनिया? क्या आवाज़ थी, वाह....

टोनी: मुझे तो बहुत अती लदी। यह बात सुनकर, परिवार के सभी लोग हंसने लगे.....

पलवली: अरे बेटा, हम दरअसल लड़की को एक निगाह से निकालने गए थे और इसके लिए तेरे पापा ज़िद कर रहे थे। कह रहे थे कि एक बार देखने में क्या हर्ज है? लड़की पसंद आ गई तो हम टोनी का रोका कर देंगें और चार साल के बाद शादी। लेकिन वो तो तोतली निकली।

टोनी: अच्छा, तो ये ज़रुरी काम था। टोनी मोबाईल पर: हैलो, हैलो

टाइगर: हाँ, टोनी बोल क्या हुआ? हम अभी तो साथ ही स्कूल से आए हैं, अभी क्या हुआ? तूने फोन क्यों किया?

टोनी: अरे कुछ नहीं यार मम्मी, पापा मुझे कहीं ले गए थे। लड़की दिखाने के लिए। मगर माशाअल्हा, वो भी तोतली निकली।

टाइगर: अरे वाह बेटा, अभी दूध के दांत टूटे नहीं और मिंया चलें हैं, दूल्हा बनने।

टोनी: यार ये बात नहीं है। मम्मी, पापा तो ये सोच कर गए थे कि अगर उन्हें लड़की पसंद आ गई तो, वो रोका कर देंगें। शादी तो चार पाँच साल बाद होगी।

टाइगर: देख दोस्त मैंने तो ये फैसला किया है कि अगर मैं शादी करूँगा तो केवल ज्योति से ही करूँगा। मगर तब जब मेरे पास खुद का बंगला होगा, गाड़ियाँ होंगी, नौकर चाकर होंगें, बैंक बैलंस होगा।

टोनी: अरे वाह दोस्त, तूने तो मेरे मन की बात कह डाली। मैं भी अगर शादी करूँगा तो, केवल किरण से। यार वो दोनों लड़कियाँ हमसे बहुत प्रेम करती हैं। अच्छा सुन मैंने तुझे फोन इसलिए किया था कि क्या

तेरे पास भी कोई जन्मदिन को कार्ड आया है।

टाइगरः हाँ यार आया तो है। भानू प्रताप का जन्मदिन है। पर यार मेरा मूड नहीं है। मैं तो नहीं जा रहा।

टोनीः तू एक बात बता, क्या तू ज्योति से प्यार करता है या नहीं?

टाइगरः तू कहना क्या चाहता है?

टोनीः मैं ये कहना चाहता हूँ कि मेरा दिल कहता है कि इस पार्टी में ज्योति और किरण दोनों आयेंगी।

टाइगरः अगर ऐसा है, तो मैं अवश्य जाऊँगा।

टोनीः अरे यार एक मिनट रुक, एक काल आ रहा है। मैं तुझे वापस काल करता हूँ।

किरणः हाय, पहचानों तो जाने! आप हमसे कितना प्यार करते हैं?

टोनी ने मन में सोचा कि कहीं वो तोतली लड़की का फोन तो नहीं......फिर सोचा कि नहीं वो कैसे हो सकती है, वो तो तोतली है। यार इतनी मिठास तो सिर्फ किरण की आवाज़ में ही हो सकती है।

टोनीः हाय किरण। आज तो हम और टाइगर अगर कुछ और भी मांगते तो वो भी मिल जाता। यार अभी हम आप दोनों की ही बात कर रहे थे। अच्छा ये बताओ कि आप दोनों जन्मदिन की पार्टी में आ रहे हो ना?

किरणः हाँ, हम दोनों जन्मदिन की पार्टी में आ रहे हैं। हम आपकी कसम खाकर कहते हैं कि हम केवल आपके लिए ही आ रहे हैं। किन्तु आप दोनों भी आ रहे हैं ना?

टोनीः ये वादा रहा, मेरी जान। हम ज़रुर आयेंगे।

हैलो टाइगर....

टाइगरः हाँ बोल, किसका फोन था?

टोनीः बेटा, इसे कहते हैं दिल से दिल की राह होना। किरण का फोन था वो कह रही थी कि वो दोनों केवल हमारी खातिर ही इस पार्टी में आ रही हैं। चल फिर भाई, मिलते हैं, जन्मदिन की पार्टी पर, ढ़ेर सारी मस्ती करेंगें।, बाय........

पार्टी में......................

टाइगरः भूषण भैया, बेटे के जन्मदिन की बहुत बहुत बधाई हो।

टोनी: भाभी जी, बेटे के जन्मदिन की बहुत बहुत मुबारक हो । भूषण भैया क्या बात है, लगता है कि छोटे नवाब की खातिर सारे शहर को पार्टी पर बुलाया है? अरे आ जाओ बेटा, भानू प्रताप, आपको जन्मदिन की बहुत बहुत बधाई हो।

भूषण: अरे भाई टोनी, टाइगर, ऐसे काम नहीं चलेगा।

भाभी कामनी: अरे भैया, आप दोनों को नाचना और गाना पड़ेगा।

टाइगर: क्यों नहीं, भाभी जी। ज़रा मैहफिल तो जमने दीजिए। आप तब तक केक कटवाने की तैयारी कीजिए।

कुछ देर के बाद किरण और ज्योति भी जन्मदिन की पार्टी में आ गई। ज्योति ने बदामी रंग की कमीज़ और हरे रंग की सलवार पहनी हुई थी और किरण ने पीले रंग की कमीज़ और सफेद रंग की सलवार डाल रखी थी। दोनों बहुत ही सुन्दर दिख रही थी।

किरण: हाय टोनी, हाय टाइगर कैसे हो आप दोनों?

टोनी: हाय किरण, ज्योति नज़र नहीं आ रही? आज तो आप इस ड्रेस में बहुत सुंदर नज़र आ रही हो।

ज्योति: क्या बात है? बड़ी बेताबी से हमारा इंतज़ार हो रहा है? हैं कहाँ हमारे चाहने वाले?

टाइगर: हाय ज्योति, हम तो यहीं हैं। आपकी प्रतिक्षा कर रहे हैं कि कब आपके दीदार होंगें और अब आप आ गई हैं। तो लीजिए, आपके लिए एक शेर अर्ज है। "वो आये महफिल में शमा जलाए, कुछ इस तरह जैसे चाँद शरमा के बादलो में छुप जाता है, सितारों की तरह"।

ज्योति: "हम वो चाँद आसमाँ के नहीं, जो सितारों में छुप जायेंगें, चाँद की हसती ही क्या, जब सामने सूरज हो, हम तो रोश्नी में ही फना हो जायेंगें"।

किरण: क्या बात है, आप दोनों तो चाँद सितारों तक पहुँच गए। लेकिन इस कनीज़ का जिर्क किसी ने नहीं किया?

टोनी: लीजिए, मोहतरमां, आपके लिए शेर अर्ज है। "हमसे मत पूछो यारो, तुम्हारे इंतज़ार में हमने ये पल कैसे बिताए। ये अपने दिल से पूछो, हमारे दिल ने, आपकी खातिर, कितने ज़ख्म हैं खाए"।

किरण: “वैसे तो हम आपके इंतज़ार में, कुछ कर नहीं पाए ज़रा हमारी आँखों में झांक कर तो देखो, हम आपकी याद में पूरी रात सो नहीं पाए”।

ये शेरो शायरी सुनकर, सभी ने उन्हें दाद दी और ज़ोर ज़ोर से तालियाँ बजाई।

सभी: अरे वाह आप लोगो ने शेर पर शेर मारकर सभी का मन मोह लिया है। अब कोई नगमा भी हो जाए तो मज़ा आ जायेगा।

टोनी: अगर आप सब की यही इच्छा है तो ज़रुर। मगर पहले ज़रा केक तो कट जाने दीजिए।

भाभी कामिनी: सभी बच्चे आ जाओ, केक काटने का समय हो गया।

टाइगर: भाभी जी, क्या बात है? क्या केक है! हमने तो आज तक ऐसा केक कभी देखा ही नहीं। ये तो बहुत बड़ा है।

भाभी: देख लेना सभी के हिस्से में सिर्फ थोड़ा थोड़ा ही आने वाला है और ये केक यूँ ही खत्म हो जायेगा। आओ मुन्ना, लो ये छूरी पकड़ो और ज़ोर से इन मोमबत्तियों को बुझा दो....... हाँ शाबाश.......ऐसे....

सभी एक साथ.....हैपी बर्थ डे टू यूँ.................... उसी के साथ ही सबसे पहले किरण ने एक नगमा छेड़ा....... उस के बोल कुछ इस तरह से हैं।........

किरण: हम सफर बन के कहीं हमें भूल ना जाना। ये दिल आपकी अमानात है, इसे ठुकरा ना जाना।।

उसके के बाद ज्योति, टोनी, और टाइगर ने उस नगमें को अपने अपने सुरों से उस नगमें को आगे गाया।....... नगमें की समाप्ति के बाद सबने ज़ोरदार तालियाँ बजाई और उसके बाद सब ने खाना खाना शुरु कर दिया।

टाइगर: अरे यार टोनी, क्या हुआ, तू ऐसे एकांत में क्यों बैठा है? चल यार, चलकर खाना खाते हैं। नहीं चल कोई बात नहीं, मैं तेरे लिए यहीं ले आता हूँ।

टानी: अरे नहीं यार, ये बात नहीं है। यहाँ आ, मेरे पास बैठ।

टाइगर: हाँ बोल, क्या बात है? क्या हुआ?

टोनी: देख यार भले ही हम अभी छोटे हैं। मगर ये जो दिल है ना, ये मानता नहीं है। देख हम दोनो ही ज्योति और किरण से प्यार करते हैं और आज उनके नगमें में जो दर्द था उससे ये साफ ज़ाहिर था कि वो दोनो भी हमसे उतना ही प्रेम करती हैं। ये मेरा दिल कहता है।

टाइगर: अबे ओ मजनू...तेरा इरादा क्या है? कहीं तेरा इरादा उन्हें कहीं दो चार घंटों के लिए ले जाने का तो नहीं?

टोनी: अरे नहीं यार, मैं तो सिर्फ ये देखना चाहता हूँ कि क्या वो हमारा खाने के लिए इंतज़ार करेंगी या नहीं?

टाइगर: ले वो देख, वो दोनों इधर ही आ रही हैं।

किरण: हम तो आपका वहाँ खाने के टेबल पर इंतज़ार कर रहे थे और ये जनाब हैं कि यहाँ बैठे हैं। ये लीजिए ये खाने की प्लेट लीजिए, हम अपने लिए खाना ले कर आते हैं।

टोनी: ठहरिए! ये अपना तुम्हारा क्या होता है? क्या आप हमारे साथ नहीं खा सकते?

ज्योति: टोनी, टाइगर, आज तो हम भगवान से कुछ और भी माँगते, तो ज़रुर मिल जाता। आप की कसम, हम दोनों इसीलिए केवल दो प्लेट में खाना लाए थे कि हम दोनों आपके दोनों के साथ एक ही प्लेट में खाना खा सकें। आपने तो हमारी मुराद पूरी कर दी।

टाइगर: क्या बात है? इसे कहते हैं, सच्चा प्यार। हम भी इसे इरादे से आप दोनों का यहाँ इंतज़ार कर रहे थे।

किरण: फिर देर किस बात की, आप ज्योति के साथ खाइए और हम टोनी के साथ खाते हैं।

टोनी: आज तो आपार आन्नद की प्राप्ति हो रही है। बस, आप दोनों इसी तरह अपना प्यार हमारे साथ बनाए रखना। अब चलिए, रात काफी हो गई है। हम आप दोनों को घर छोड़ देते हैं। अच्छा भूषण भैया, अब हम चलते हैं। सच बहुत मज़ा आया। अच्छा, भाभी जी, नमस्ते।

थोड़ी देर बाद..........

ज्योति: बस बस, वो आ गया हमारा घर और बगल में ही किरण का घर है। वो देखिए, हमारे मम्मी, पापा दोनों हमारा इंतज़ार कर रहे हैं। अब आप लोग जाइए।

टोनी: अरे बिलकुल नहीं, आज कल पल में क्या हो जाए, कुछ पता नहीं। हम तो आपको घर तक छोड़ कर आयेंगे और इसी बहाने हम आपके मम्मी, पापा को भी मिल लेंगें।

टाइगर: नमस्ते अंकल, नमस्ते आंटी।

ज्योति: पापा, ये टाइगर है।

किरण: और ये टोनी है। ये दोनों हमें छोड़ने आए हैं।

जगदीश: बेटा, आप दोनों का बहुत धन्यवाद। हमें चिंता हो रही थी।

सुरजभान: बेटा, अंदर आओ, चाय पानी, पी कर जाना।

टोनी: अंकल, आंटी, हमारे रहते हुए आपको किरण और ज्योति की चिंता करने की कोई ज़रुरत नहीं है।

पलवली: शाबाश, मेरे बच्चों, जीते रहो। भगवान आप दोनों को लम्बी उम्र दे। आप जैसे बेटे भगवान सब को दे।

टाइगर: अच्छा, अब हम चलते हैं।

दोनों वहाँ उन्हें छोड़ कर चले गए और इसी तरह से वो चारो ने अपनी कालेज की पढ़ाई पूरी कर ली और आज वो दिन आ गया, जब उनके कालेज का आखिर दिन था......

टाइगर: ज्योति बधाई हो, आपने कालेज में टोप किया है।

टोनी: हाय किरण, आपको बहुत बहुत बधाई हो। आज आपकी पढ़ाई भी पूरी हो गई। आज से हम सबकी ज़िंदगी एक नया मोड़ लेगी।

किरण: अरे आप दोनों भी तो बधाई के पात्र हो, आज आप दोनों की पढ़ाई भी तो पूरी हो गई है।

ज्योति: यार हम चारो बचपन से हमेशा साथ रहे, चाहे वो स्कूल हो या फिर कालेज। हमने हमेशा एक साथ ही हर सुख और दुख देखे हैं। लेकिन लगता है आज के बाद हम लोग बिछुड़ जायेंगें। लेकिन उससे पहले हम आपसे एक रिक्वस्ट करना चाहते हैं। क्या आप हमारे साथ चाय पीयेंगें?

टोनी: अरे क्यों नहीं, अब के बिछुड़े ना जाने फिर कब मिलें।

किरण: टोनी, इस अवसर पर हम भी आपसे कुछ कहना चाहते हैं। जो हमने आपको आज तक नहीं कही।

टोनी: वो क्या?

किरण: आपको याद होगा वो 8वी क्लास का वो वाक्य, जब आप दोनों स्कूल आने के लिए लेट हो गए थे। तब आप दोनों ने झूठ मूठ कहा था कि आप दोनों हमें बचाने के लिए लेट हो गए थे। उस दिन हम दोनों को ये विश्वास हो गया था कि कोई तो है इस संसार में जो हम दोनों के लिए आपनी जान भी दे सकता है। बस उसी दिन से हम आपको मन ही मन चाहने लगे थे और से ठान लिया था कि अगर हमारा कोई जीवन साथी होगा, तो वो आप ही होंगें।

ज्योति: हाँ, टाइगर, हम भी तुम्हारे बिना कैसे रहेंगें? हमने आपको हमेशा अपना स्वामी माना है। हम आपको कभी भी भूल नहीं पायेंगें। हम आपसे भी यही अपेक्षा रखते हैं कि आप भी हमें मत भूलाना। अगर कभी भी हमारी ज़रुरत हो तो हमें याद करना।

टाइगर: अरे अरे आप तो भावुक हो गई। देखो तो, इन दोनों की आँखों को, बिलकुल नम हो गई हैं। अरे यार हम दोनों भी आप लोगों से बहुत प्रेम करते हैं। फिर हम आपसे दूर थोड़े ही हैं। हमारे पास आपके फोन नम्बर हैं जब दिल करेगा, हम आपको फोन कर लेंगें और नहीं तो हम आपको मिलने आपके घर आ जायेंगें। वैसे असली जीवन तो अब शुरु होगा? जब हमें अपने लिए नौकरी ढूंढनी पढ़ेगी। खैर कोई बात नहीं, इसी का नाम तो ज़िंदगी है। चलो अब चलते हैं, मगर प्लीज़, ऐसे रोते हुए हमें विदा मत कीजिए? थोड़ा मुस्कुरा दीजिए।

टोनी: किरण, क्या हम एक गुस्ताखी कर सकते हैं? क्या हम आपका हाथ चूम सकते हैं?

किरण: अब हम आपको ना कैसे कर सकेगें?

टोनी और टाइगर: देखों एक बात सदा याद रखना, आप हमें भूल मत जाना और हमारा इंतज़ार करना, वरना हमारा दिल टूट जायेगा और फिर कभी जुड़ नहीं पायेगा। चलो अब हम चलते हैं। आप लोग भी सीधा अपने अपने घर जाइए।

टोनी: यार टाइगर, पढ़ाई तो अब हमारी पूरी हो गई और हम लोग नौकरी के लिए ट्राई भी कर रहे हैं। किन्तु, अब तक तो कुछ हुआ नहीं है। क्यों ना हम दोनों कोई छोटी मोटी नौकरी ढूंढ लें। हम दोनों के घरों का हाल तो तुम जानते ही हो। हम चाह कर भी कोई क्रोस नहीं कर सकते।

हमारे माँ, बाप की उम्मीद अब हम सी ही है और अगर हमें ज्योति और किरण से शादी करनी है तो हमें कम से कम उनके लायक बनना होगा।

टाइगरः मगर, यार तुम कहना क्या चाहते हो?

टोनीः देख भाई, तू तो जानता है कि किरण और ज्योति आपस में रिश्तेदार हैं। उनके पिता का अच्छा खासा बिज़नस है। और...

टाइगरः अच्छा, तो तू कहना चाहता है कि अब हमें उन्हें सबसे पहले लूटना चाहिए।

टोनीः अबे यार, तेरे घर वालों ने तेरा नाम बहुत सोच कर रखा है। तू सचमुच बहुत ही अख्खड़ दिमाग का है। बिना सोचे समझे कुछ भी कह देता है। अबे मेरा मतलब ये है कि कुछ ऐसा किया जाए की जिससे हम खुब पैसा कमायें, ताकि हम उनके माता, पिता के सामने जाकर, उनका हाथ माँग सकें। तू तो जानता है कि मेरे घर में मेरी जवान बहन भी है, जिसकी शादी करनी है और पापा ने तो सारा पैसा हमारी पढ़ाई में लगा दिया है। अब रिश्ते तो आते हैं, परन्तु हमारी गरीबी देख कर वापिस मुड़ जाते हैं।

टाइगरः अबे अगर तेरा भाषण खत्म हो गया हो तो मैं कुछ कहूँ। तेरी बात सुनकर, मुझे मेरी बहन याद आ गई है। तेरे और मेरे घर में सिर्फ पात्रों का फ्रक है, बाकि परिस्थियाँ बिलकुल वही हैं। हमारी ही क्यों, ये तो इस देश के कई घरों की कहानी है। बहुत से लोग इस को अपनी कमज़ोरी समझ लेते हैं और अपनी बेटियों का सौदा कर देते हैं। देख बेटा, हमें कुछ ऐसा सोचना कि सिर्फ हमारी ही नहीं, बल्कि सभी की समस्या का हल हो जाए। इसके लिए तू कल मुझे पार्क में मिल, वहीं बैठ कर इसका हल निकालेंगें। फिलहाल, तो घर चल, हमारे घर वाले हमारा इंतज़ार कर रहे होंगें। अरे यार उन्हें खुशखबरी भी तो सुनानी है। अरे किरण और ज्योति तो घर पहुँच कर मिठाईयाँ बाँट रही होंगी। चल जल्दी चल......

उधर किरण के घर...........

किरणः हाय पापा, मम्मी, भैया, हम तो फस्ट क्लास से पास हो गए।

पापा जगदीशः वैरी गुड बेटा। आज हमने इसी खुशी में शाम को एक पार्टी रखी है।

किरण: पापा, मैंनें तो पास होने की बात, आपको अभी बताई है। फिर आपने ये पार्टी कैसे प्लेन कर दी, ज़रुर कोई और बात है।

ज्योतिः तू सही कह रही है किरण, नमस्ते अंकल। मेरे पापा ने भी मुझे यही कहा है कि आज शाम को एक पार्टी है। मुझे तो दाल में कुछ काला लगता है।

किरण: और मुझे तो पूरी दाल ही काली लग रही है। ज़रुर इन्होनें कुछ और सोच कर ये पार्टी रखी है। माँ, आप हमें सच सच बताओ कि आखिर बात क्या है और इसके पीछे क्या राज़ है?

मम्मी: बेटा राज़ कुछ भी नहीं है। तुम दोनों के पापा आप दोनों की पढ़ाई खत्म होने से बहुत खुश हैं और अब हम सब ये चाहते हैं कि आप दोनों की शादी करा दी जाए। बस यही सोच कर उन्होनें अपने एक बहुत ही बड़े कारोबार के मालिक के बेटों से आपकी शादी की बात सोची है और आज उन्हें इस पार्टी में बुलाआ है, ताकि वो आप को देख सकें। दोनों लड़के बहुत ही सुंदर और सुशील हैं।

किरण: अरे मम्मी से क्या बात हुई? आज ही तो हमारी पढ़ाई खत्म हुई है और आप आज ही हमारी शादी करा देना चाहती हैं। हम अभी शादी नहीं करेंगें, अभी हमें अपने पैरों पर खड़ा होना है और फिर हमारी भी तो कोई पसंद है।

ज्योतिः आंटी जी, किरण, बिलकुल ठीक कह रही है। अभी हमारी उम्र ही क्या है? हमें ये रिश्ता बिलकुल मंजूर नहीं है।

पुष्पा: बेटी, पहले पहले सभी लड़कियाँ इसी तरह कहती हैं। लेकिन बाद में, उन्हें अपने माँ, बाप की बात माननी ही पड़ती है। मेरी बात ध्यान से सुनो, तुम दोनों ऐसा कुछ भी नहीं करना, जिससे सारी बात बिगड़ जाए। वरना, तुम दोनों अपने पापा का गुस्सा जानती ही हो। एक मिनट में सातवें आसमान पर चला जाता है।

किरण: ठीक है मम्मी, हम ज़रा बाज़ार तक हो कर आते हैं।

ज्योतिः यार ये तूने ठीक नहीं किया, जो मम्मी की बात में हामी भी दी। देख, चाहे कुछ भी हो जाए, मैं टाइगर को धोखा नहीं दे सकती।

किरण: अरे यार, तू क्या समझती है? मैं टोनी के बिना ज़िंदा रह सकती हूँ। मैं तो मम्मी से बहाना बना कर आई हूँ, ताकि हम उन लोगों

को हमारे घर आने से रोक सकें।

ज्योति: मगर, तू ऐसा करेगी कैसे? मान ना मान, तू मेरा मेहमान, ये होगा कैसे किरण? तू उन्हे पहचानेगी कैसे?

किरण: यार यही तो सोचना है। रही बात उन्हें पहचानने की तो, वो तो स्मिपल है। जिस गाड़ी में उनके माता, पिता और वो दोनों बंदर होगों। बस इस तरह हम उनको पहचान लेंगें।

ज्योति: यार एक आईडिया आया है, तू एक काम कर जाकर 5 रुपए के कील ले कर आ।

किरण: अरे तू इन कीलों का क्या करेगी?

ज्योति: अरे यार हम उस पुलिया पर बैठ जायेंगें और जिस गाड़ी में वो दोनों दिखेंगें हम इन कीलों को उस गाड़ी के आगे बिछा देंगें। कोई ना कोई कील तो उस गाड़ी को पंचर कर देगा और हम उन्हें बातों में लगाकर यहीं रोक लेंगें।

किरण: और अगर गाड़ी पंचर नहीं हुई तो, फिर क्यो करेंगें? ये सोचा है तूने?

ज्योति: यार उसके लिए भी कोई ना कोई रास्ता निकाल लेंगें।

किरण: यार सोच लिया, आ गई सारी बात समझ में। जैसे ही गाड़ी हमारी तरफ मुड़ेगी, हम दोनों बीच रास्ते में चलते रहेंगें। वो कितना भी हॉर्न बजायें, किन्तु हम वहाँ से नहीं हटेंगें। वो ये देखकर हम पर गुस्सा करेंगें, बस बाकी आगे मैं सब सम्भाल लूँगी।

ज्योति: वो तो ठीक है यार, मगर तू उनसे क्या कहेगी?

किरण: तू बस देखती जा, मैं क्या करती हूँ! चल चल जल्दी कर वो देख एक गाड़ी आ रही है।

बस फिर क्या था। दोनों एक दूसरे से बाते करते करते सड़क के बीचों बीच चलने लगी। पीछे से गाड़ी वाले हॉर्न पर हॉर्न बजा रहे थे। किन्तु उन दोनों के कानों में जूँ तक नहीं रेंग रही थी। आखिरकार गाड़ी में बैठे हुए सभी लोग परेशान हो गए और गाड़ी से उतर कर उनकी ओर बड़े और उनसे कहने लगे.....

अंकल: बेटी क्या बात है, घर से लड़ कर आई हो क्या? क्या आपको सुनाई नहीं दे रहा कितने हॉर्न बजा रहे हैं हम लोग...और इसी चक्कर में

हमारी गाड़ी भी पंचर हो गई है।

लड़का: लेकिन पापा, इसमें इनका कोई कसूर नहीं है, देख नहीं रहे, ये बेचारी सुन नहीं सकती हैं।

ज्याति: कार्टून अच्छा है।

लड़का: आपने कुछ कहा ?

किरण: जी नहीं, हमने कुछ नहीं कहा। हमें लगा कि आप दोनों भैया सुन नहीं सकते।

लड़का: बहरी तो आप दोनों हैं। आप को ही हॉन की आवाज़ सुनाई नहीं दे रही थी।

अंकल: बेटी, आप नाराज़ मत होना। हम तो एक शुभ कार्य के लिए जा रहे थे। अब रास्ते में कोई रुकावट आ गई, तो गुस्सा तो आ ही जाता है ना।

ज्योति: अंकल, हम इस बात के लिए आपसे क्षमा माँगते हैं।

किरण: दरअसल, अंकल, बात ये थी कि हम तो उन दो मुर्गों के बारे में सोच रहे थे। बस हम दोनों उन्हीं की बातों में खोकर रह गए।

अंकल: मुर्गों, बेटी, हम कुछ समझे नहीं?

ज्योति: अंकल आज तो हमारी दो सहेलियों जिनका नाम किरण और ज्योति है। अरे वो सुधीर और शमशेर अंकल की बेटियाँ, आज उन दोनों को कोई देखने आने वाले थे। पर वो बेचारे, क्या जाने।

अंकल: अरे बेटी, क्या नाम बताया?

ज्योति: अरे अंकल इन दोनों के पापा, वो दोनों बहुत पैसे वाले हैं। उनकी शादी तो करवा ही देंगें।

अंकल: परन्तु बेटी, हम तो उन्ही के घर जा रहे थे।

किरण: फिर तो ज़रुर जाइए, वो लोग आपकी राह देख रहे हैं।

अंकल: देखो बेटी आप दोनों तो हमारी बेटियों की तरह ही हो और ये दोनों आपके भाई। हम इन्हीं दोनों के लिए लड़की देखने जा रहे थे। लेकिन, आप कुछ कह रही थी।

किरण: देखिए अंकल जी, अब आपने हमें अपनी बेटी कहा है तो हम आपको साफ साफ बता देते हैं। हुआ यूँ के एक बार उन दोनों को लड़के वाले देखने आये थे। अब वो दोनों लड़कियाँ अपनी दवाई खाना भूल गई

और जैसे ही चाय लेकर मैहमानों के सामने गई, तो उन दोनों लड़कियों को दौरा पड़ गया, और वो लड़खड़ा कर वहीं ढ़ेर हो गई। तब वहाँ सभी लोगों उन्हें जूते सुंघने लगें।

अंकल: एक मिनट बेटी, ज़रा फोन आ रहा है।

शमशेर: हैलो, जी मैं शमशेर बोल रहा हूँ। क्या हुआ भाई साहब, आप लोग अभी तक पहुँचे नहीं?

अंकल: अरे वो क्या है ना भाई साहब, हम लोग आपके घर आने के लिए निकल ही रहे थे कि हमारे दोनों लड़कों ने यहाँ आने के लिए मना कर दिया। वो बोले कि हम अपनी अपनी पसंद की लड़कियों से ही शादी करेंगें, क्योंकि हमने अपने लिए लड़कियाँ देख रखी हैं। इसलिए आपको धोखे में नहीं रखना चाहते। हम क्षमा कीजिए।

ज्योति: अरे वाह किरण, क्या सही बैठा है हमारा नाटक, चल अब चलकर ज़रा घर वालों के भी हाल चाल देखते हैं।

घर पहुँच कर.........

किरण: अरे मम्मी, पापा क्या हुआ अंकल? आप सब का मुँह क्यों लटका हुआ है? क्या बात है? आपके मैहमान अभी तक आए नहीं, क्या बात है? कहीं रास्ता तो नहीं भूल गए?

जगदीश: अबे वो साले क्या रास्ता भूलेंगें, उन्होनें तो आने के पहले ही अपनी औकात दिखा दी है।

सुरजभान: कहते हैं कि उनके लड़को ने कहा है कि वो अपनी पसंद की लड़कियों से शादी करना चाहते हैं। चलो जाने दो, आप लोग इन्जॉय करो।

किरण: चलो अच्छा है, जान छूटी।

उधर टोनी के घर में..............

सुधीर: अरे बेटा टोनी, क्या बात है, आज इतनी देर कैसे हो गई? हम सब तेरा बेताबी से इंतज़ार कर रहे थे। शालिनी तो मिठाई का डिब्बा लेकर बैठी है, चल अब जल्दी से खुशखबरी सुना दे कि तू कितने नम्बरों से पास हुआ है?

शालिनी: लो भैया, पहले अपना मुँह मिठा करो। बाद में खुशखबरी सुनाना।

जानकी: अरे क्या हुआ? मुँह क्यों लटका हुआ है? कहीं फेल तो नहीं हो गया?

विजय: अरे मम्मी कैसी बातें कर रही हो? शुभ शुभ बोलो, भैया कभी भी फेल नहीं हो सकते, क्यों भैया?

टोनी: यार तू कह तो ठीक रहा है, मगर क्या करूँ, हमारी तकदीर ने धोखा दे दिया और हम फेल हो गए।

सुधीर: आखिर कार तूने किए कराए पर पानी फेर ही दिया, कितनी उम्मीदें थी तुमसे।

शालिनी: चलिए कोई बात नहीं, अगले साल मन लगा कर पढ़ाई करना। चलो, अगले साल पास होने की खुशी में ही मिठाई खा लीजिए। आज तो मम्मी, पापा ने पार्टी की तैयारी कर रखी थी। कुछ खास लोगों को भी बुलाया था। खैर अब आप उनके सामने ऐसा कुछ मत कह देना।

टोनी: ला ये मिठाई का डिब्बा मुझे दे। लो पापा, पहले आप मुँह मिठा करो।

सुधीर: नहीं बेटा, तुम लोग खाओ, ज़बरदस्ती मत करो, मेरे से नहीं खाई जायेगी।

टोनी: सब लोग मेरे पास आओ, क्या आप लोग मेरा दिल तोड़ देना चाहते हो। मैं जानता हूँ कि इस समय मम्मी और पापा के दिल पर क्या गुज़र रही होगी। पापा ने अपनी पूरी ज़ंदगी पैसे जोड़ कर मुझे पढ़ाया है और मैं निकला, फैलियर, निक्कमां। लेकिन, अब मैंने भी सोच लिया है कि मैं आगे पढ़ाई नहीं करूँगा और कहीं छोटी मोटी नौकरी कर लूगाँ।

सुधीर: अरे बेटा तू अपना दिल छोटा मत कर। बस एक ही साल की तो बात है। ला सबसे पहले मैं मिठाई खाता हूँ। अरे क्यो बच्चों की तरह रोता है, मर्द बन मर्द।

टोनी: पापा, मैं बहुत कम नम्बरों से रह गया। दो, तीन नम्बर भी होते तो कोई बात नहीं थी, मगर हर सब्जैक्ट में ना के बराबर नम्बर हैं। ये लो पापा, आप ही देखो मेरी मार्कशीट। देख लो। सु

धीर: हाँ, दिखा बेटा, अरे पाजी, शैतान, इधर तो आ....

टोनी: क्यों पापा, कैसी लगी हमारी ऐक्टिंग? मैं तो ये खुशखबरी आपके मुख से सुनना चाहता था।

सुधीर: अरे भाई आप लोग किसी बात की चिंता मत कीजिए, हमारे टोनी ने पूरे कालेज में टोप किया है।

शालिनी: भैया, आप बहुत खराब हैं, एनीवेस, बधाई हो।

विजय: भैया, आपको बहुत बहुत मुबारक हो।

जानकी मम्मी: जुग जुग जियो बेटा, सदा इसी तरह से तरक्की करते रहो।

टोनी: हाँ मम्मी, अब आप देखना, हम अपनी शालिनी की शादी कितनी धूम धाम से करते हैं, देखना, अब सब ठीक हो जायेगा।

उधर टाइगर ने भी अपने पास होने की खुशी अपने घर वालों को सुनाई और उसने भी उन्हें आश्वासन दिया कि वो भी अपने घर के सभी दुखः दूर कर देगा..यूँ ही एक दो दिन निकल गए और उन दोनों ने नौकरी की तलाश शुरु कर दी।

शमशेर: बेटा टाइगर, वो तेरा दोस्त टोनी पास हो गया या नहीं?

टाइगर: हाँ पापा, वो भी अच्छे नम्बरों से पास हो गया है और वो भी मेरी तरह आजकल नौकरी ढूंढ रहा है।

हरबंस मम्मी: बेटा तू एक काम कर, एक बार जाकर मंदिर में जाकर माथा टेक आ। और सुन आज टोनी को खाने पर बुला ले, आखिकार वो भी तो हमारा ही बेटा है ना।

टाइगर: ठीक है माँ, मैं मंदिर जाकर आता हूँ।?

सरोज: अरे भैया ठहरो। मैं भी आप के साथ आती हूँ।

टाइगर: ठीक है, चलो फिर.....

दोनों भाई बहनों ने मंदिर में माथा टेका और प्रसाद चढ़ाकर आर्शीवाद प्राप्त किया।

टाइगर: देख सरोज मैं घर जा रहा हूँ, तू जाकर टोनी को निमन्त्रण दे आ।

टोनी के घर पर..............

सरोज: विजय, तुम मेरे रास्ते से हट जाओ, हमें टोनी भैया से मिलना है।

टोनी: विजय, तुम इसी तंग क्यों कर रहे हो, इसीलिए तो वो यहाँ आती नहीं है।

सरोज: टोनी भैया लाओ, पहले हमें मिठाई खिलाओ, तभी हम आपको खुशखबरी सुनायेंगे।

टोनी: अरी पगली, तू खुशखबरी तो सुना, हम मिठाई तो खिला ही देंगें।

विजय: भैया? ये ऐसे अपना मुँह नहीं खोलेगी।

और विजय ने सरोज की दोनों चोटियाँ पकड़ कर, उसके मुँह में मिठाई ठूस दी और बोला....

विजय: अब बोलेगी या नहीं, नहीं तो एक और लडडू तेरे मुँह में ठूस दूँगा। पकोड़ें जैसी नाक वाली...

सरोज: देख लो टोनी भैया, ये मुझे कैसे तंग कर रहा है। क्या हमारी नाक पकोड़े जैसी है?

टोनी: अरे नहीं नहीं, हमारी लाडली तो लाखों में एक है। तू इसे भैया कहा कर......

सरोज: इसे मैं भैया कहूँ, ये तो गधा है। वो देखो, वो वैसे ही तो खड़ा है।

विजय: क्या कहा तूने, मुझे गधे की उपाधी दी है ना तूने। अब ठहर जा, अब तेरी खैर नहीं। ठहर जा, अब मम्मी के आंचल में क्या छूप रही है।

सरोज: देख लो, मम्मी जी, ये आपके सुपुत्र हम पर ऐसे रोब जमा रहे हैं, जैसे हम इनकी जोरू हों।

विजय: क्या कहा, अपनी शकल देखी है कभी? ऐसी बंदरिया को कौन अपनी जोरू बनायेगा।

जानकी: चल रे, बहुत हो गया तेरा नाटक, अब चुप बैठ, हाँ नहीं तो। रुला के रख दिया हमारी बिटिया को।

विजय: अरे अरे, तू तो सच में रोने लगी, अरे मैं तो मज़ाक कर रहा था। देखना, तुझे तो एक दिन, मुझ जैसा, एक सुंदर सा राजकुमार मिलेगा, जो तुझे सफेद घोड़े पर बिठा कर ले जायेगा और मैं देखता ही रह जाँऊगा। अरे तू तो लाखों में एक है।

टोनी: अच्छा अब तुम दोनों के जोक्स खत्म हो गए हों, तो हम कुछ कहें। सरोज, तुम कुछ कहना चाहती थी। बोलो ना।

सरोजः भैया, आप कालेज में फस्ट्ट आए हैं, इसके लिए आपको बहुत बहुत बधाई और दूसरा आज मम्मी ने आपको घर में खाने पे बुलाया है।

शालिनीः अरे सरोज, तू कब आई?

सरोजः अरे दीदी नमस्ते, अंकल जी नमस्ते। लगता है दीदी, आप और अंकल मिलकर आज की पार्टी की तैयारी कर रहे हो। देखो ना, लगता है, पूरा बाज़ार हर घर पर उठा लाए हो।

शालिनीः हाँ सरोज, तुम ठीक कह रही हो, आखिर हमारे भैया फस्ट्ट जो आए हैं।

सरोजः अरे मैं तो टोनी भैया और आप सब को अपने घर खाने की दावत देने आई थी।

शालिनीः हाँ हमें मालूम है, क्योंकि हम भी तुम्हारे घर सबको पार्टी का न्यौता देने गए थे। हमें ये भी पता है कि वहाँ अभी ऐसा कुछ भी नहीं बना है और यहाँ लगभग सभी तैयारियाँ हो चुकी हैं। वो सब लोग हमारे यहाँ खाने पर आ रहे हैं।

शालिनीः अरे अरे, तू कहाँ चली?

सरोजः अपने घर।

सुधीरः अरे बेटा हमने कहा ना कि वो सब लोग, हमारे यहाँ ही तो आ रहे हैं। तुम तब तक यहाँ रुको और बाद में उनके साथ ही चली जाना।
सरोजः ठीक है अंकल, हम रुक जाते हैं और यहाँ रह कर शालिनी दीदी का हाथ बटाते हैं।

शाम को टाइगर का पूरा परिवार टोनी के घर पहुँचा.....

सुधीरः आइये आइये भाई साहब। आज तो बहुत ही शुभ दिन है। आज तो दोनों बच्चों ने हमारा और आपका नाम रोशन कर दिया। आप सबको बहुत बहुत मुबारक हो।

शमशेरः हाँ भाई साहब, आप बिलकुल ठीक कह रहे हैं। आप सब को भी बहुत बहुत मुबारक हो।

सुधीरः अरे भाई साहब, आप ज़रा इधर आइये, मैं आपको कुछ दिखाना चाहता हूँ। देखिए, आपकी बेटी को, देखिए कैसे पकोड़े बना रही है।

शमशेर: अरे वाह भाई साहब, ये तो आपकी बेटी ज़्यादा लग रही है और हमारी कम।

सुधीर: भाई साहब मैंने तो सोच रखा है कि इसे तो मैं अपने विजय की बहू बना कर घर लेकर आँऊगा। वैसे भी दोनों में बहुत प्रेम है।

शमशेर: अरे आपने तो हमारे मुँह की बात छीन ली। आज हम आपको जुबान देते हैं कि हमारी सरोज की शादी आपके विजय से ही होगी।

जानकी: भाई साहब, बहन जी, चलिए खाना तैयार है। चलो बच्चो, चलो खाना खा लो।

शमशेर: भई वाह मज़ा आ गया, खाना तो बहुत ही स्वाद बना है।

जानकी: भाई साहब, खाना तो शालिनी और सरोज ने मिलकर बनाया है। इसी लिए ये इतना स्वाद है।

टाइगर: यार टोनी, तुझे याद है ना कल सुबह हमें पार्क में मिलना है।

टोनी: अच्छी तरह से याद है दोस्त।

शमशेर: अच्छा भाई साहब, अब हम लोग चलते हैं। चलो सरोज बेटा, चलो घर चलें।

सरोज: चलिए पापा, अच्छा दीदी, बाय बाय।

शालिनी: अरे किसे बाय कह रही है, हमें या फिर विजय भैया को।

सरोज: समझने वाले को इशारा ही काफी होता है।.....बाय....

अगले दिन सुबह पार्क में.........

टाइगर: गुड मोर्निंग टोनी। टोनी: गुड मोर्निंग दोस्त।

टाइगर: तो दोस्त, आज का न्यूज़ पेपर क्या कह रहा है?

टोनी: यार एक खुशखबरी है। जागृती न्यूज़ पेपर में पत्रकार की जगह खाली है। देख यार, अगर कोई जुर्म करना हो तो पहले उसके लिए सेफटी ज़रुरी होती है। अपनी एक बेस बनानी बहुत ज़रुरी होती है। देख तू सोच, जितने भी ये भ्रष्ट नेता हैं, उनके पीछे भी राजनीती की ओट होती है। माल खिलाओ और हज़ारों, लाखों कमाओ। समझे दोस्त....यहाँ से शुरु होती है अपनी कहानी, क्योंकि ये दुनिया गोल है।

टाइगरः बिलकुल समझ गया दोस्त। तेरी बात बिलकुल सही है। हम दोनों पत्रकार बन जाते हैं। इसके दो फायदे होंगों, एक तो हम स्वंय ही क्राईम रिपोटर बन जायेंगें और उसकी ज़रिए हमारे हाथों में पावर भी आ जायेगी और हम जुर्म करने वालों के खिलाफ खुल कर विरोध भी कर सकेंगें और इसमें मीडिया और टी वी हमारी सहायता करेगा। इस पत्रकारिता की आड़ में हम जुर्म करेंगें, मगर ऐसे नहीं। बल्कि हमें अपना भेष बदलना होगा, क्योंकि जो कार्य हम करने जा रहे हैं, उसमें बहुत खतरा है। जगह जगह सी सी टी वी कैमरे लगे रहते हैं।

टोनीः तो चल दोस्त, पहले चलकर हम अपनी जगह तो पक्की कर लें।

और दोनों जागृती न्यूज़ पेपर के ओफिस पहुँचे।

गेट कीपरः हाँ साहब, बोलिए, आपको किससे मिलना है? टोनीः भैया, आप ये पेपर्स जाकर अपने बड़े साहब को दे दीजिए।

गेट कीपरः ठीक है, आप लोग इधर ही बैठिए, हम अभी आते हैं।

अंदर जाकर............. साहब बाहर दो छोकरा लोग आए हैं और ये पेपर्स आप को देने को कही है।

सम्पादकः अरे बहादुर, कही नही कहा है। (पेपर्स पढ़ने के बाद) एक काम करो, उनको अंदर भेज दो।

गेट कीपरः ठीक है साहब में अभी भेजती है।

सम्पादकः अरे बहादुर भेजती नहीं, भेजता हूँ, अरे यार क्या आदमी है ये?

गेट कीपरः आप दोनों जाओ, आपको साहब बुलाती है।

टोनीः अरे गेट कीपर तुम्हारा साहब, आदमी है या औरत?

गेट कीपरः अरे बाबा आदमी है।

टाइगरः मगर आपने तो बोला कि बुलाती है।

गेट कीपरः अरे साहब, हमारा बोली ऐसा ही है। हम क्या करें, हमारा साहब भी हम की यहिच बोलती है, आप जाओ।

टोनीः सर, क्या हम अंदर आ सकते हैं।

सम्पादकः अरे आइये आइये, बैठिए। आपके नाम.............

दोनों: जी मेरा नाम टाइगर है और मेरा नाम टोनी है। सर हम दोनों को नौकरी की तालाश है। हम आपके पास बहुत उम्मीद ले कर आए हैं।

सम्पादक: पहले कहाँ काम करते थे, कोई अनुभव है, आपको?

दोनों: नहीं सर, हमें कोई अनुभव नहीं है पत्रकारिता का। हमने तो इसी साल ही अपनी पढ़ाई पूरी की है। हम दोनों अभी नये हैं। लेकिन हम आपको रोज़ नई नई न्यूज़ ला कर दे सकते हैं और वो भी फोटो के साथ।

सम्पादक: ठीक है, हम आपको काम करने का मौका देते हैं। मगर उसके लिए आपको 15 दिन की ट्रेनिंग लेनी होगी, जोकि हम आपको देंगें। आपको शुरुआत में 7000 रुपए महीना सैलरी और 100 रुपए पर डे का मिलेगा और साथ में एक मोटर बाइक भी। हाँ अगर आप कोई सन्सनी खेज़ खबर लाते हैं, तो उसके पैसे आपको अलग से मिल जायेंगे। बस आपको अपना एक आई डी प्रूफ देना होगा और आपको इन पेपर्स पर साइन करना है। ये एक बौंड़ भी भरना है। आप कल ठीक 10 बजे ओफिस में आ जाइए, वहाँ आपको एक कैमरा, एक डायरी, एक बैग और ओफिस की सभी ज़रुरी चीज़ें आपको मिल जायेंगी। और हाँ आपको एक मोटर बाइक भी दी जायेगी। आपको प्रैस का आई कार्ड भी मिल जायेगा।

टोनी और टाइगर: आपका बहुत बहुत धन्यवाद सर, हम कल सही समय पर आ जायेंगें।

टाइगर: यार टोनी, ये तो बहुत अच्छा हुआ कि हमें नौकरी मिल गई, इससे कमसे कम हमारे घर वालों की चिंता तो दूर हो ही जायेगी। परन्तु दोस्त, आगे की क्या प्लेंनिंग है?

टोनी: यार टाइगर, आगे की प्लेंनिंग ये है कि अब हम प्रेस रिपोटर हो गए हैं और हमें एक एक करके सभी बड़े नेताओं, बड़े बड़े पुलिस के अफसरों और उन तमाम लोगों का पता और फोन नम्बर मिल जायेंगें, जिसकी मुझे तलाश थी।

टाइगर: मतलब..... टोनी: मतलब ये के दोस्त ये सभी वो लोग हैं, जिन्होंने हमारे देश को भरपूर लूटा है। और लुटेरों को लूटना में कोई पाप नहीं है।

टाइगर: बिलकुल सही दोस्त, और जैसा हमने सोचा था, हमें इस काम को बड़ी ही होशियारी से अंजाम देना होगा और उसके लिए हमें

हमेशा अपना हुलिया बदलना होगा। ताकि, हम कभी भी पकड़े नहीं जायें।

टोनी: वो तो ठीक है, मगर कैसे, थोड़ा खुल कर बता ना यार।

टाइगर: देख यार अब हम जो प्रेस रिपोटर बन गए हैं, वो हम सिर्फ अपने घर वालों के लिए हैं। लेकिन, बाकि लोगों के लिए हमें कुछ और बनना पढ़ेगा। हमें जो कार्य करने हैं, उसमें जान जोखिम का काम है। जगह जगह खतरा है। इसीलिए हमें बहुत ही सावधानी से हमारे इस रुप को बार बार बदलना है। हमें आम जनता का मसिहा बनना है।

टोनी: ओके, तो हमें, उसके लिए क्या करना होगा?

टाइगर: देख भाई, हमें उसके लिए एक मेकप वाली दुकान पर जाना होगा। जहाँ हमें फिल्म लाईन के मेकप का पूरा सामान मिल जाए और जो देखने में बिलकुल असली लगे। तेरे चेहरे के लिए तो सुनहरी रंग वाली दाढ़ी और मुछ बिलकुल सही रहेगी और मैं अपने चेहरे पर चेचक के दाग बना लूँगा। जो सिर्फ एक खास कैमिकल से ही साफ हो सकते हैं। तेरी दाढ़ी और मुछ भी ऐसी गम से चिपकेगी कि खिंचने से भी नहीं निकलेगी।

टोनी: अगर तूने इतनी सारी बातें सोच ही रखी हैं, तो पहले हम मेकप का सामान ही खरीद लेते हैं।

दोनों दोस्त मेकप का सारा ज़रुरी सामान खरीद लाए और दोनों ने एक जगह जा कर अपना मेकप कर लिया। मेकप इतना अच्छा हुआ था कि वो एक दूसरे को भी पहचान नहीं पा रहे थे।

टोनी: चल यार, सबसे पहले हम झोपड़ पट्टी की तरफ चलते हैं, उम्मीद है कि हमें वहाँ कोई पहचान नहीं पायेगा।

दोनों उसी रुप में बस्ती में पहुँचे और वहाँ के लोगों का छोटे मोटे कामों में हाथ बटा कर, उनका विश्वास जितने लगे और फिर वहाँ से निकल गए।

टाइगर: यार, एक काम और करना है तुझे।

टोनी: वो क्या?

टाइगर: देख तुझे हम दोनों की मेकप वाली तस्वीर लेनी है और एक डुप्लीकेट प्रेस का कार्ड बनाना हैं। जो कि हमारे असली कार्ड जैसा होगा।

बस उसमें हमारी ये वाली तस्वीर लगेगी।

टोनी: मगर यार अगर हमने अपना ये वाला कार्ड कहीं दिखाया और अगर हमारी तहकीकात हो गई तो हम फंस सकते हैं।

टाइगर: बिलकुल नहीं। अगर कोई हमसे ओफिस में पूछेगा, तो हम कह सकते हैं, कि किसी किसी जगह से सुराग निकालने के लिए हमें अपना हुलिया बदलना पड़ता है।

टोनी: यार मान गए तेरे दिमाग को, तेरे पास तो हर बात का तोड़ है। देख भाई, जैसा तूने कहा था, मैंने यहाँ के लिस्ट बना ली है। उसमें सबसे पहला नाम है, हमारे क्षेत्र के सबसे भ्रष्ट नेता, सुभाष त्यागी का। मैंनें पता किया है कि उसके पास बहुत सारा काला धन है। मगर मैं ये नहीं सोच पा रहा हूँ, कि हम उसे मिलें कैसे?

टाइगर: वो तू मुझ पर छोड़ दे, जिस दिन वो अपना कोई भाषण रखेगा, बस उसी दिन हम उसकी थोड़ी सी बढ़ाई करके उसका इंटरवियु लेने के बहाने से उसके पास पहुँच जायेंगें।

टोनी: एक काम और हो सकता है। उस साले की एक कमज़ोरी है, लड़की। क्यों ना हम ज्योति और किरण की मदद लें और उससे मिलें।

टाइगर: सोचते हैं भाई, मगर फिलहाल तो हमें झोपड़ पट्टी की कोई ना कोई न्यूज़ आईटम लेने के लिए वहाँ जाना है। आज हमारे रुट के हिसाब से भी हमारा वहीं जाना बनता है।

टोनी: ठीक है भाई..................चलते हैं।

उधर त्यागी के घर मे..................

सुभाष त्यागी: अबे ओ टकले, काली, भूरे, मुरली सालों, कहाँ मर गए सबके सब। सालों मैंने तुम कुत्तों को यूँ ही पाल रखा है। साले तुम सबकेसब हराम खोर हो गए हो। साले किसी काम के नहीं हो तुम। और तू साले टकले, आज 10 दिन हो गए ना कोई शराब ना कबाब और ना ही शबाब। साले तुम सब मिल कर एक नई चिड़िया का इंतज़ाम नहीं कर सकते?

टकला: बोस हम लोग कल ही पास वाली झोपड़ पट्टी में जा रहे हैं। समझो कल ही काम हो जायेगा।

त्यागी: वैरी गुड, ज़रा दीनू काका तो बुला, आज पौधों को पानी नहीं देना क्या?

पील्ले टकला: बोस आज ओकी जोरू काम पर आई है।

त्यागी: अच्छा, अब तू जा, बाकि हम देख लेंगें। अरे वाह क्या नगिना है। दीनू की जोरू, साले ने अब तक कहाँ छुपा कर रखी थी। वाह क्या माल है! हमें तो पता ही नहीं था। अरे सुनों, क्या नाम है, तुम्हारा।

रमिया: मालिक राम राम, गोड़ लागूँ। हमार नाम रमिया है।

त्यागी: क्या बात है? आज दीनू को क्या हो गया, जो आपको आना पड़ा?

रमिया: मालिक, आज उनको बुखार आ गवा है। वो तो हमें मना करे रहे। परन्तु, हम ही ज़िद करके आई गए। कहिए, मालिक कछू काम था? आपने हमें काहे की खातिर बुलाया है?

त्यागी: हाँ.....तुम, तुम ये पानी का पाईप लो और उन पौधों को पानी दे दो। देखो पानी के बिना कैसे मुरझा से गए हैं। उसके बाद तुम मेरे पास आना। फिर हम तुम्हें दूसरा काम बतायेंगे।

रमिया: जी मालिक, हम अभी पानी दे कर आपके पास आते हैं।

और जैसे ही रमिया ने पानी का पाईप को हाथ में पकड़ कर बोरिंग का नल चालू किया, तभी उस नल की धार की गति से उसके हाथ से वो पाईप छूट गया और उसका सारा बदन उस पानी में गिला हो गया और उसकी सारी साड़ी और ब्लाउज़ पूरी तरह से पानी में भीग गया और उसका नग्न बदन अन्दर से साफ साफ झलकने लगा। उसकी साड़ी पूरी तरह से भीग चुकी थी। उसमें बहुत ही मासूम मगर बहुत ही खुबसूरत लग रही थी। उसे इस रुप में देख कर किसी की भी नीयत डोल सकती थी। ये नेता जी तो एक नम्बर का ऐयाश था। वो अपने कमरे में बैठा हुआ आराम से शराब पी रहा था और ये सोच रहा था कि रमिया को दाना कैसे डाले। जैसे ही रमिया पौधों को पानी देकर नेता जी के कमरे में पहुँची तो, उसे देखकर नेता की आँखें फटी की फटी रह गई।

रमिया: साहब, मैंने आपका बताया हुआ कार्य कर दिया रहिन। कछु और काम होय तो बतावा, मुझे घर जाना है।

त्यागी: हाँ, हाँ क्या कहा तुमने? हाँ, और काम है। (उसे यूँ देखकर त्यागी का सारा नशा एक दम पानी हो गया था और उसमें वासना की आग पूरी तरह से जल चुकी थी।) आज हमारी खाना बनाने वाली नहीं आई और हमें बहुत ज़ोर से भूख लगी है। तुम हमारे लिए खाना बना दो। क्योंकि हम बाहर का खाना नहीं खाते।

रमिया: ठीक है साहब, आप हमें सिर्फ अपनी रसोई दिखा दीजिए और ये बताइए कि आप का खायेंगे। हम अभी वो बना देते हैं।

त्यागी: अरे क्या नाम बताया था तुमने अपना।

रमिया: जी रमिया।

त्यागी: हाँ, रमिया, देखो, हमारे यहाँ रसोई में यूँ ही नहीं जा सकते। रसोई में जाने से पहले हमें आपको स्नान करना होगा।

रमिया: मगर साहब हमार पास तो इन कपड़ों के इलावा कोई और कपड़ा है ही नहीं, तो हम स्नान करके पहनेगें क्या?

त्यागी: अरे अरे, तुम उसकी चिंता मत करो। तुम स्नान करके ये मैक्सी पहन लेना और अपने कपड़े धो कर सुखा लेना और इसी मैक्सी में ही खाना बना लेना। क्यों ठीक है ना।

रमिया: जी जी ठीक है मालिक जैसिन आप कहें।

त्यागी: आओ हम तुम्हें अपना स्नान ग्रह दिखा दें। अरे आ जाओ शरमाओ नहीं। देखो यहाँ हमारे सिवा और कोई नहीं है। ये देखो ये नहाने का टब है, ये फव्वारा है, ये साबून है, ये शैम्पू है। तुम खुब अच्छी तरह से नहाना और हाँ ये है इस दरवाज़े की चाबी, इसे अंदर से बंद कर लेना।

उस बेचारी को ये खबर नहीं थी कि त्यागी के बाथरुम में सी सी टी वी कैमरे लगे हैं। आज उसकी इज़्ज़त की दज्जियाँ उड़ने वाली थी। रमिया ने अपने पूरे वस्त्र उतारे और अपने कपड़ों को धोने लगी। उसके बाद उसने फव्वारा चलाया और उसके नीचे खड़ी हो कर वो स्नान करने लगी। त्यागी उसे की होल से ये सब करता देख कर बेकाबू हो गया और फौरन अपने कमरे में जाकर उसने अपने कैमरों के साथ लगे हुए टीवी को ओन कर दिया। उसने जल्दी जल्दी शराब के दो पैग पिये और अपने बाथरुम की चाबी लेकर सीधा बाथरुम की तरफ लपका और धीरे से बाथरुम के दरवाज़े में चाबी लगाकर धीरे से अंदर घुस गया और अंदर से

लोक कर दिया।

रमिया: अरे मालिक आप ई का कर रहे हैं? ई आपको शोभा नहीं देत है। हमें छोड़ दो, हमें जाने दो। हम तोहार नौकर की पत्नी है। आप छोड़ दो, नहीं तो हम शोर मचाई रही।

त्यागी: देखो रमिया, दीनू हमारा नौकर है और हम उसके मालिक। इसी नाते हम तुम्हारे भी मालिक हुए ना। देखो, देखो हमारा दिल तुम्हारे पे आ गया है और जिस चीज़ पर हमारा दिल आ जाता है, वो हम हासिल करके रहते हैं। तुम जितना चिल्लाना हो चिल्ला लो, क्योंकि इस बाथरुम के बाहर तुम्हारी आवाज़ नहीं जा सकती। रमिया ने खुद को बचाने की बहुत कोशिश की लेकिन उसकी त्यागी के सामने एक ना चली और त्यागी ने रमिया को अपनी हवस का शिकार बना लिया।

त्यागी: देखो रमिया, जो होना था, वो तो हो गया। अब इस हादसे को यहीं दफन कर दो। मैं आज के बाद तुम्हें कभी नहीं बुलाऊँगा और तुम भी ये बात किसी और से मत कहना। हाँ, एक और बात, ये देखो, तुम्हारा विडियो, अगर तुमने इस बात का ज़िर्क किसी से किया तो, तुम किसी को मुँह दिखाने लायक नहीं रहोगी। ये लो दो हज़ार रुपए, जाओ और जाकर दीनू का इलाज़ करवा लो।

घर पर........

दीनू: अरे रमिया आई गई तू, का बात है आज बहुत देर लगा दीन? मालिक ने किसी काम के लिए रोक लीन का....

रमिया: (आँखों में आँसू लिए, दबी आवाज़ में) हाँ, आज ऊ की खाना बनाने वाली नहीं आई रही। ई के वास्ते देर होई गई।

मुन्नी: कोई बात नहीं माई, मैंने खाना बना दिया है और हमने पापा को खाना और दवाई दोनों दे दी हैं। आप का खाना लगा दूँ?

रमिया: नहीं, हमें अभी भूख ना ही है, जबि लगीन, तभी खा लें हैं हम खाना। ये लो पैसे, अपने पापा को दे दो? मालिक ने भेजे हैं।

दीनू: हमार मालिक तो एक दम देवता हैं, देवता। हमार कित्ता ख्याल रखी हैं।

रमिया: (दबी आवाज़ में) ऊ तो हमी जानत हैं कि देवता है या जल्लाद।

उधर त्यागी के घर....

त्यागी: क्या रे पील्ले, तू तो बस्ती गए था, क्या हुआ? कुछ इंतज़ाम हुआ या नहीं।

पील्ले: बोस हमें पता चला था कि कई दिन से वहाँ अवैध काम करने वालों के यहाँ छापे पड़ रहे हैं। सब लोग वहाँ से भाग रहे हैं। हम भी वहाँ से भाग कर आ गए। हम फिर से 10-15 दिन में फिर से चक्कर लगायेंगे। मगर आप का काम हो गया है बोस।

त्यागी: अबे जल्दी बक ना, पहेलियाँ मत बुझा।

काली: हम बतात हैं मालिक। आपके वास्ते एक नई चिड़िया का इंतज़ाम हो गया है। उस चिड़िया के पर अभी अभी निकले हैं। हम तो कहिन मालिक, आप उसके ये पर नोच डालो। क्या चिड़िया है।

त्यागी: मगर वो है कौन? किसकी लड़की है? ऐसी कौन है, जिसके बारे में हमें नहीं पता और वो हमारे ही इलाके में रहती है। ज़रा मैं भी तो जानूं, कौन है वो।

भूरा: मालिक, आप ये समझ लीजिए कि वो आपके ही तालाब की मछली है और आप ही की छत्र छाया में पली बड़ी हुई है।

काली: अरे मालिक, वो आपकी कोठी में माली है ना दीनू, उसी की छोकरी है मुन्नी। बिलकुल अपनी मातारी पर गई है।

त्यागी: अबे सालों, हमारी ही मयान में रहने वाली तलवार और हमें ही उसके बारे में खबर नहीं। अबे जब मातारी बुलबुल है, तो लौंडिया तो माशहअल्ला होगी। आज़ से पाँच साल पहले देखा था। एक बार हमारी कोठी पर आई थी, दीनू के साथ। तब तो काफी छोटी थी। मगर अब तो वो जवान हो गई होगी। एक काम करो, जब भी तुम बस्ती में जाना, तो दीनू से कहना कि हमने मुन्नी को कोठी बुलाया है। क्या रे पील्ले, क्या खबर लाया है। आज के काम के लिए तो तू इनाम का हकदार है। ये ले शैमपेन और ये 5000 रुपए। जाओ आज की रात जश्न मनाओ।

पील्ले: सच मालिक.....धन्यवाद।

त्यागी: अबे देख क्या रहा है, पकड़ और जा कर मौज करो।

पील्ले: मालिक हम सोच रहे थे कि आज हम आपके लिए इंतज़ाम नहीं कर पाए,फिर भी आप हमें इनाम दे रहे हैं।

त्यागी: हाँ, आज हम बहुत खुश हैं। क्योंकि आज हमने पने बाग के ही फूल तोड़ कर काम चला लिया है।

पील्ले: ठीक है मालिक, अब हम चलत हैं।

उधर...............

टाइगर: अरे टोनी, क्या तेरे पास किरण का फोन आया था?

टोनी: हाँ यार आया था और क्या तुझे ज्योति का फोन आ था?

टाइगर: हाँ आया था। वो कह रही थी कि आप को पापा ने बुलाया है। वो आपसे मिलना चाहते हैं।

टोनी: यार, मेरे साथ भी फोन पर यही बात हुई है। बल्कि, किरण कह रही थी, कि पापा, आप दोनों से मिलना चाहते हैं।

टाइगर: यार मैंनें, पूछने की बहुत कोशिश की, मगर उसने कोई जवाब नहीं दिया। कह रही थी, कि आप की बहुत याद आ रही है। आप दोनों आ जाओ।

टोनी: यार लगता है, उसके पापा, कोई काम दिलाना चाहते हैं। उसी के बारे में बात करने के लिए बुला रहे है।

टाइगर: किसको काम दिलाने की बात करेंगें, हम दोनों को?

टोनी: नहीं ओए नहीं, वो किरण और ज्योति को कोई ना कोई जोब दिलाने की बात करेंगें।

टाइगर: जा ओए जलूल। वो और जोब दिलाने के बात करेंगें, बिलकुल नहीं। अरे वो तो इस इलाके के माने हुए सेठ हैं। उन्हें क्या ज़रुरत है कि वो अपनी लड़कियों को जोब करवाएँ। ज़रुर दाल में कुछ काला है।

टोनी: चल यार चल कर देख लेते हैं, कि आखिर बात है क्या, और ये भी सही है कि हमें उनसे मिले हुए भी काफी समय हो गया है। चल इसी सन्डे को चलते हैं।

और फिर सन्डे को......

टाइगर: चल दोस्त, आज चलते हैं, किरण और ज्योति को मिलने।

टोनी: हाँ यार जाना तो है, मगर मैं सोच रहा था कि हम कई दिनों से बस्ती जाने का सोच रहे थे, मगर गए नहीं। बस एक ही बार गए थे, जिस दिन हमने अपना भेस बदला था।

टाइगर: अरे यार कल चलेंगें, आज का दिन तो किरण और ज्योति के नाम है, कल देखते हैं। फिलहाल अभी तो उनके घर चल। तू एक काम कर, तू किरण को फोन कर और बोल की हम उनके घर 10 बजे आ रहे हैं, ताकि वो दोनों बुढ़ऊ, घर पर ही रहें।

टोनी: ओके....हैलो, हैलो किरण...

किरण: हैलो, हाय, आखिरकार आपको हमारी याद आ ही गई। बोलो कब आ रहे हो?

टोनी: अरे तुम पहले ये बताओ कि तुम ठीक हो ना?

किरण: हाँ, हम और ज्योति बिलकुल ठीक हैं। बस तुम दोनों जल्दी से यहाँ आ जाओ, यहाँ बहुत गड़बड़ चल रही है। देखो प्लीज़ तुम दोनों यहाँ आ जाओ, वरना बाद में बहुत पछताना पढ़ेगा।

टोनी: तुम चिंता मत करो, हम बस एक घंटे में यानी की 10 बजे तक तुम्हारे घर पहुँच जायेंगें।

किरण: ठीक है, तुम लोग आ जाओ, हम सब घर पर ही हैं। हम तुम दोनों का इंतज़ार कर रहे हैं।

टोनी: अच्छा ये बताओ कि क्या खाओगी, क्या लेकर आऊँ तुम्हारे लिए?

किरण: अरे जनाब आप बस जल्दी से आ जाओ। वैसे हम दोनों को पाइनऐप्ल बहुत पसंद है। आप वो ले आओ। बाय......

फोन बंद करने के बाद.....

टोनी: अरे यार बुरे फंसे, आजकल पाइनऐप्ल का तो मौसम ही नहीं है। लेकिन उसने तो उसी की डीमांड की है। अब क्या करें।

टाइगर: अबे कोई बात नहीं, पाइनऐप्ल ना सही, उसका ज्यूस तो मिलता है ना, वही ले चलते हैं, और एक काम कर पूरा पैकट ही ले ले, उसमें पूरे 6 कैन होते हैं। चल अब जल्दी सीधा वहीं जाकर बाइक रोकूँगा।

टोनी: ओय देख तो, वो लोग हमारी इंतज़ार में गेट पर ही खड़े हैं।

टाइगर: नमस्ते अंकल, नमस्ते आंटी, हाय किरण, हाय ज्योति।

टोनी: जी नमस्ते, सोरी थोड़ी आने में देरी हो गई। हाय किरण, हाय ज्योति।

जगदीश: अरे बेटा क्या बात है? कार पर नहीं आए।

सुरजभान: बेटा, हमें कह देते, हम भिजवा देते गाड़ी। खैर कोई बात नहीं, आओ अंदर आओ।

ज्योति: अरे टाइगर आओ ना अंदर।

टाइगर: हाँ आते हैं, मगर पहले तुम्हारे पापा को कार ना लाने का जवाब तो दे दें। सेठ जी हमारे पास कार नहीं है। पट्रोल इतना मंहगा हो गया है कि बाइक भी मंहगी लगती है। ये बाइक भी हमारी नहीं है, बल्कि हमारी कंम्पनी की है।

टोनी: अबे यार अंदर तो देख, हम ये कहाँ आ गए, ये तो एक महल है है। यहाँ तो बहुत ठंडी लग रही है।

सुरजभान: बेटा इसे एसी कहते हैं। इसके बिना तो हमारे बच्चे एक क्षण भी नहीं रहते। कहो तो इसे बंद करवा दें।

टोनी: नहीं नहीं, सेठ जी, बंद काहे को करना।

जगदीश: लो बेटा, ज्यूस पीयो और नाश्ता भी करो, शरमाओ नहीं, इसे अपना ही घर समझो।

सुरजभान: बेटा हमारी बेटियाँ आपकी बहुत तारिफ कर रही थी। वैसे तुम दोनों लगते भी हीरो जैसे ही हो। मगर बेटा क्या कारोबार है, आप दोनों का?

टाइगर: देखिए सेठ जी, आप पहेलियाँ मत भुजाइए, आप साफ साफ कहें कि आखिर बात क्या है? हमें आपने यहाँ क्यों बुलाया है? यदि किरण और ज्योति को किसी जोब पर लगवाना है तो बताइए, हम ज़रुर कोशिश करेंगें। हम दोनों मीडिया में काम करते हैं। हम कोशिश करेंगें कि इन दोनों को भी क्राईम रिपोटर लगवा दें।

जगदीश: बेटा, कितना कमा लेते हो महीने में? टोनी: जी 5 से 7 हज़ार रुपए तक कमा लेते हैं।

सुरजभान: वाह बेटा वाह, क्या बात है। बेटा जी, 10 हज़ार रुपए तो इनके पट्रोल का खर्चा है। और रही बात नौकरी की, तो बेटा हमें अपने बच्चों से नौकरी नहीं करवानी, बल्कि हम तो इनका हाथ पीले करना चाहते हैं।

टाइगर: अच्छा तो ये बात है। देखिए सेठ जी, हम अभी शादी नहीं कर सकते। पहले हम कुछ बनना चाहते हैं और बहुत से पैसे कमाना

चाहते हैं। फिर हम अपनी बहनों की शादी करवायेंगे, उसके बाद हम अपने बारे में सोच सकते हैं।

जगदीश: एक बात तो हम मानते हैं कि तुम दोनों दिल के बहुत साफ हो और झूठ नहीं बोलते। देखो बेटा, हमारी बेटियों नें ये ज़िद पकड़ रखी है कि वो शादी अपनी पसंद से करना चाहती हैं और उनकी पसंद, तुम दोनों हो। वैसे हमने तुम्हें बताया ही है कि हमारी बेटियाँ बचपन से ही सारी सुख सुविधाओं से पली बड़ी हैं, उनका क्या करना है, ये हम आप पर छोड़ते हैं।

टोनी: देखिए सेठ जी, ये सब तो हमारे पास नहीं है। हमारे पास तो केवल प्यार है, जो हम आपकी बेटियों को बहुत दे सकते हैं।

सुरजभान: हम जानते हैं कि तुम दोनों हमारी बेटियों को बहुत प्यार करते हो और ये दोनों भी तुम्हें उतना ही प्यार करती हैं। मगर बेटा, ये प्यार किस चीज़ का नाम है, जानते भी हो? ये दोनों तो अभी नादान हैं, कुछ नहीं समझती। तुम ही कहो कि क्या तुम्हारे इस प्यार से इन्हें एक वक्त की रोटी खिला सकते हो? देखो ना तुम दोनों कमाते ही कितना हो? ये कुत्ता देख रहे हो, इसका नाम रोमी है, इसका महीने का खर्च 7 हज़ार रुपए है। हमारी बेटियाँ, जब भी बाहर खाना खाने जाती हैं, तो एक हज़ार रुपए तो सिर्फ टीप ही दे देती हैं। अब आप ही बताओ कि क्या तुम इनसे शादी करना चाहोगे। ये ख्वाब देखना छोड दो बेटा। आज कल प्यार, इज़्ज़त शैहरत सब कुछ रुपया है रुपया। ये आप दोनों अच्छी तरह जान लो।

टाइगर: बस सेठ जी बस। क्या आपने हमें यहाँ हमारी बेज़्जती करने के लिए बुलाया था। हम यहाँ आपके कहने से आए थे ना कि आपकी बेटियों का रिश्ता माँगने। आप के ख्याल में तो गरीबों की कोई इज़्ज़त ही नहीं होती। सेठ जी सब को एक ही तराज़ू में नहीं तोलना चाहिए। रही बात माया की, तो सेठ जी, ये कभी किसी की मीत नहीं होती। आज किसी के पास, तो कल किसी और के पास। आप अपने पैसों पर इतना मत इतराइए। जिस तरह से आप अपनी बेटियों के लिए रिश्ता ढूंढ़ रहे हैं, उससे तो से लगता है कि आप अपनी बेटियों को अमीरी के गटर में फैंकना चाहते हैं। जहाँ से कभी भी निकल नहीं सकेंगी। हमारी

तरफ से आप अपनी बेटियों की शादी जहाँ जी चाहे कर दीजिए। अच्छा नमस्ते सेठ जी, अब हम चलते हैं। चल टोनी चलें।

जगदीश: देखो, बेटा, आप तो हमारी बात का बुरा मान गए। हम तो केवल ये चाहते थे, कि आप लोग ज्योति और किरण को ये समझाओ कि माँ, बाप अपने बच्चों का भला चाहते हैं।

ज्योति: बस पापा, आज आपने हमारे मेहमानों को घर पर बुलाकर उन्हें बहुत बेइज़्ज़त कर दिया है। अब मैं चुप नहीं रहूँगी। आप मेरी बात सुन लीजिए कि मैं सिर्फ और सिर्फ टाइगर से ही शादी करूँगी। चाहे वो मुझे झोपड़ें में ही क्यों ना रखे, और हाँ, आप चिंता मत कीजिए, मैं आपके द्धार पर कभी भीख माँगनें नहीं आऊँगी। ये मेरा आपसे वादा है।

किरण: मैं ज्योति की बात का पूरी तरह से समर्थन करती हूँ। मैं भी टोनी के बिना ज़िदा नहीं रह सकती। हम सब बचपन से एक दूसरे के साथ हैं। आज भला मैं उन्हें, इस दौलत के लिए कैसे छोड़ सकती हूँ।

टोनी: देखा आप सबने, इसे कहते हैं, प्यार। आज हम भी आपसे वादा करते हैं कि अगर हम शादी करेंगें तो इन्ही से, वरना सारी उम्र कुंवारे ही रहेंगें।

सुरजभान: एक बात तो हम समझ गए कि आप दोनों, हमारी बेटियों को रुखी सूखी खिला कर भी खुश रखोगें। लेकिन बेटा, आप दोनों हमारी बात भी समझो। हम इस समाज को क्या जवाब देंगें। सब लोग यह बात बार बार हमसे पूछेंगें कि आखिर, ऐसी क्या मजबूरी हो गई, जो आपने अपने से इतने गरीब घरों में बेटियों को ब्याह दिया। सब लोग यही कहेंगें कि ज़रुर दोनों के बीच में कुछ गड़बड़ हुई होगी, तभी हम ये शादी कर रहे हैं। तुम दोनों एक काम करो, तुम हमारे साथ काम पर लग जाओ, देखो दो ही साल में हम तुम्हें कहाँ से कहाँ पहुँचा देते हैं। दो साल के बाद हम तुम्हारी शादी अपनी बेटियों से करा देंगें।

टाइगर: सेठ जी आपकी इस बात में तो बहुत वज़न है। हम आपकी बात अच्छी तरह से समझ गए हैं।

टोनी: तेरा क्या मतलब है? क्या हम इनके आधीन हो कर काम करेंगें?

टाइगरः नहीं बिलकुल नहीं। लेकिन अगर हम इनकी बात सोचें, तो वो भी गलत नहीं हैं। आखिर समाज में इनकी बहुत इज़्ज़त है। ये अगर अपने दामाद चुनेंगें, तो वो अगर इनके बराबर नहीं तो, कम से कम इनसे आधे के बराबर तो होनें ही चाहिए। सेठ जी हमें आपकी बात मंज़ूर है। लेकिन हम आपके के साथ नहीं, बल्कि अपने बलबुते पर आपके लायक बन कर दिखायेंगे। ताकि, हमसे रिश्ता जोड़ने से आपका सर ऊँचा हो सके। इस काम के लिए हम आपसे दो साल का ही समय माँग रहे हैं। तब तक ज्योति और किरण को हमारा इंतज़ार करना होगा।

सुरजभानः हमें मंज़ूर है। हम आप दोनों को 2 साल का समय देते हैं। लेकिन, अगर आप दो साल तक कुछ नहीं बन सके, तो हम अपनी बेटियों का ब्याह कहीं और कर देंगें। लेकिन, अगर आपको इन दो सालों में हमारी कोई भी सहायता चाहिए हो, तो आप निसंकोच हमारे पास आ सकते हैं।

टाइगरः अच्छा जी, अब हम चलते हैं।

ज्योति और किरणः पापा, हम इन्हें बाहर तक छोड़ कर आते हैं।

जगदीशः ज़रुर बेटा, जाओ।

बाहर जाकर.........

ज्योतिः देखो अगर हमारे घर वालो ने आपके साथ कुछ गलत व्यहवार किया हो, तो हम आपसे क्षमा माँगते हैं।

टोनीः अरे नहीं नहीं, ऐसी कोई बात नहीं है। बल्कि, हमें तो उनसे बहुत कुछ सीखने को मिला। हमने तो वैसे भी बहुत सी प्लेंनिंग कर रखी थी। बस आप दोनों हम पर अपना भरोसा हमेशा बनाए रखना और हमेशा हमारा साथ देना।

किरणः वो तो आप हमारी आँखों में देख ही चुके हैं। अगर आप कहें तो हम आपके साथ अभी चलने को तैयार हैं।

टाइगरः वो तो हम जानते हैं। इसीलिए तो हमारे हौंसले बुलंद हैं। देखना ये दो साल यूँ ही निकल जायेंगें। अब आप लोग जाओ, हम आपको फोन करते रहेंगें।

टोनीः अरे यार किरण ये क्या, बस यही बात हमें अच्छी नहीं लगती। जब भी हम आपसे जुदा होते हैं, तो आपकी आँखें नम हो जाती

हैं। यार ज़रा मुस्कुरा कर विदा करा। हाँ, ये हुई ना बात....ओके बाय.....

पिल्ला टकला: बोस आज हम लोग बस्ती जा रहे हैं, कुछ वसूली बाकी है।

त्यागी: अबे टकले, वो सब तो होता ही रहेगा। मगर आज दीनू काका की लड़की को लेकर आना, कहना, हमने याद किया है।

पिल्ला टकला: जी मालिक, आज आपका काम हो जायेगा।

टोनी: अरे टाइगर, आज कितने दिन हो गए मुन्नी को मिले हुए। चल आज हम लोग बस्ती चलते हैं, इसी बहाने मुन्नी से भी मिल लेंगें और अपना काम भी हो जायेगा।

टाइगर: अरे यार अभी नहीं, आज शाम को चलेंगें। मेरे पास कुछ न्यूज़ भी हैं, उसे ओफिस में दे देते हैंऔर आज तो पे डे भी है, अपनी पे ले लेते हैं। फिर शाम को मुन्नी के पास जायेंगें और खुब मोज मस्ती करेंगें।

पिल्ला टकला: भूरा, मुरली तुम दोनों भाई जी के दारु के अडडे में जाकर वसूली कर लो और उसके बाद मुझे चौपाल पर मिलना। मैं कालू के साथ दीनू काका के घर जा रहा हूँ। आज पूरी वसूली कर लेना, बहुत दिनों से कोई पैसे नहीं मिले। चल कालू हम चलें। पहले हम पुनी के झोपढ़े में चलते हैं।

पुनी: ये साले नेता के कुत्ते यहाँ क्यों घुम रहे हैं? आज किसे उठाने आए हैं? लो अच्छा हुआ दारोगा साहब भी गश्त पर आ गए। अरे दरोगा जी राम राम।

दरोगा पाली: अरे पुनी, कहो कैसे हो? क्या हाल चाल है? आज का क्या समाचार है?

पुनी: दरोगा जी, आज का समाचार ये है कि आज नेता के आदमी पूरी बस्ती में फैले हुए हैं। आज ज़रुर कोई गड़बड़ करेंगें।

दरोगा पाली: अच्छा, चलो, अभी देख लेते हैं।

पुनी: चलो अच्छा हुआ, ये लोग सीधा दीनू काका के झोपढ़े में जा रहे हैं। ज़रुर उसे नेता ने बुलाया होगा। अब तो दीनू काका बिलकुल ठीक हो गए हैं। चलो, फिर भी चल कर देखते हैं।

पिल्ला टकला: अबे ओ दरोगा, यहाँ काहे घुम रहा है? जा कोठी जा, नेता जी ने तुझे याद किया है। जाकर अपनी हड्डी ले ले। चल फूट यहाँ

से, हमें अपना काम करने दे।

दरोगाः अरे हम तो आपका हाल चाल पूछने चले आए। कुछ काम हो तो बोलिए।

पिल्ला टकलाः नहीं कोई काम नहीं है, चल अब निकल यहाँ से।

दरोगाः अच्छा जी, राम राम।

पुनीः साला, ये दरोगा भी नेता का पालतू कुत्ता निकला। उधर टोनी और टाइगर दोनों अपना भेस बदल कर बस्ती पहुँचे।

टाइगरः अरे यार टोनी, ज़रा अपना कैमरा तो निकाल। उधर देख वो दरोगा साला जग्गू दारु वाले से वसूली कर रहा है। फटाफट फोटो खींच, साला रिश्वत लेते हुए आज रंगें हाथों पकड़ा गया।

टोनीः अरे टाइगर, तू फोटो की बात कर रहा है! मैंने तो साले का विडियो बना लिया है। लेकिन हम अभी इस का ये विडियो प्रेस में नहीं देंगें। कभी मौका आने पर हम इस का उचित इस्तमाल करेंगें। मैं इस साले को पहचानता हूँ। इसका नाम पाली है और ये बस्ती की बीट का बीट ओफिसर है।

टाइगरः तू सही कह रहा है। हम कभी ना कभी इस विडियो का सही इस्तेमाल करेंगें। चल अब, हम झोपड़ पट्टी के लोगों से मिल लें। अगर कोई नया समाचार आया होगा, तो हमें अवश्य मिल जायेगा। उसके बाद हम त्यागी से मिलने का कोई ना कोई जुगाड बना लेंगें।

पिल्लेः अरे ओ दीनू, कहाँ मर गया बे? हम यहाँ चौपाल पर हैं। ज़रा बाहर तो आ बे।

दीनू: अरे आवत हैं भाई पिल्ले, का बात है, मालिक ने बुलावा है का?

पिल्लेः अरे हाँ, मगर ज़रा पहले हमें पानी वानी तो पिला, फिर बताते हैं कि क्या काम है।

दीनू: अरे बिटिया, ज़रा पानी तो ला। देख हमार घर में मेहमान आवे हैं।

मुन्नी: अभी लाई बाबा।

रमियाः ज़रा ठहर जा मुन्नी, ला, ये पानी की गडवी हमका दे, हम ले जावेंगें। तु बिलकुल भी बाहर मत आना। ये सब नेता के कुत्ते हैं, सब के सब हरामखोर।

रमिया: लीजिए पानी, हम आपके लिए चाय बनाकर लावत हैं।

पिल्ले: अरे अरे, आपने क्यों कष्ट किया, बिटिया को भेज देती। देखिए आज तो आपके भाग खुल गए। नेता जी ने आपकी बिटिया को कोठी पर बुलाया है। आज वो उसे कोई ना कोई काम अवश्य देंगें।

दीनू: अरे ई तो हमार खुसनसीबी है, मालिक ने हम पर बहुत कृपा की है। हम जब बिमार थे, तब भी हमार मालिक ने हमार ध्यान रखा है। हमार खातीर पैसे भी भेजे। रमिया, जाओ, जाकर मुन्नी को तैयार करो।

रमिया: ज़रा आप इधर आइये।

दीनू: बोलो का बात है।

रमिया: देखिए, जब आप बिमार थे। तभी हम कोठी पर गए थे। लेकिन हमें वहाँ नेता जी की नीयत ठीक नहीं लगी। ये नेता ठीक नहीं है।

दीनू: ई का कह रही हो, मालिक तो देवता समान हैं।

रमिया: अब हम आपको का बताई कि हमार साथ का बीती है।

दीनू: कुछ कहीं तुम।

रमिया: नहीं हम कह रहे थे कि मुन्नी को इन दरिंदों के हाथ मत दीजिए। मैं मुन्नी को कहीं नहीं जाने दूंगी।

भूरा: चलो भाई पिल्ले, पूरी वसूली हो गई है। अब चल, मुन्नी को बुलाओ।

पिल्ले: चलो दीनू, जल्दी से बुलाकर ले आओ।

दीनू: अरे पिल्ले भाई, आज आपको खाली हाथ जाना पड़ेगा, हमारी महरारु ने मना कर दीन है।

पिल्ले: लगता है, तुझे और तेरी महरारु को बहुत चर्बी चढ़ गई है। लगता है, तुम्हारी खाल मसाला माँग रही है। तू अच्छी तरह जानता है कि नेता जी को ना सुनने की आदत नहीं है। तुझे ये भी मालूम है। अगर मैं तेरी छोकरिया को जब्रदस्ती यहाँ से उठा कर ले जाँऊ, तो मुझे यहाँ रोकने वाला कोई नहीं है। मुझे कौन रोकेगा, तू या फिर तेरी ये महरारु। अरी ओ रमिया, तनिक इधर तो आ। क्या हुआ, पागल हो गई है क्या? क्यों सबके सामने, तमाश बनाना चाहती है। चुपचाप अपनी छोकरी को हमारे साथ भेज दे। तू तो नेता जी को अच्छी तरह से जान ही गई है। तू जानती है कि नेता जी को जो चीज़ पसंद आ जाती है वो

उसे हासिल करके ही रहते हैं। क्यों अपनी बची खुची इज़्ज़त का भांडा फूडवाना चाहती है मुझसे।

रमिया: देख पिल्ले, मुन्नी तुम्हारी बेटी जैसी है। कुछ तो तरह खा उस पर और जा यहाँ से।

पिल्ले: मुझे तो लग रहा है कि तेरी मुन्नी के साथ साथ तुझे भी अपने साथ ले चलूं, क्योंकि नेता जी के कुत्ते बहुत दिनों से भूखे हैं।

रमिया: मुझे लगा था कि तुझमें थोड़ी बहुत इंसानियत बाकी होगी। मगर तू तो नेता जी का दलाल निकला। जा जाकर, किसी कोठे पर बैठ जा और साथ में अपने नेता को भी ले जा। और हाँ, जाकर कह दे अपने नेता को, बस्ती वालों ने उसके कुत्तों के आगे हड्डियाँ डालना बंद कर दिया है। चल मुन्नी चल बेटा अंदर चल।

पिल्ले: तेरी जुबान कुछ ज़्यादा ही चलने लगी है। तो ले फिर उसका मज़ा आज तुझे चखा ही देता हूँ। चल बे बुढ़े, हट यहाँ से। ये ले एक लात, जा मर जा के साले....

मुन्नी: नहीं छोड़ दो हमारे बाबा को, इन्हें मत मारो...अरे कोई है, भईया, हमें इन लोगों से बचा लो।

पिल्ले: इन हीजड़ों की बस्ती में किसे पुकार रही हो? मुन्नी, आज यहाँ तेरी पुकार सुनकर आने वाला कोई भी नहीं है। ये जो तेरी माँ, बहुत चिल्ला रही थी ना हम पर, देख, उसका क्या हाल करके छोडता हूँ। भूरा फाड साली का ब्लाउज, हा हा हा....चल हट रमिया, वरना पेटीकोट को फाडने में हमें और देर नहीं लगेगी। देख मुन्नी सीधी तरह से मेरे साथ चलकर जीप में बैठ जा, वरना और भी तमाश कर दूँगा तेरी माँ का...देख, सिर्फ एक रात की ही तो बात है। सुबह तुझे मालामाल करके यहीं छोड देंगें।

मुन्नी: नहीं, मेरा हाथ छोड दे.....अरे कोई तो बचाओ...भईया...भईया....

पूनी: छोड दो हमारी बहिनिया को।

टकला: अरे काली, भूरा, मुरली पकड़ो साले को और मार मार के इसके हाथ पाँव तोड़ दो। ताकि, कोई और अपना सर उठाने की कोशिश ना करे।

मुन्नी: अरे कोई तो बचाओ...भईया...भईया....

दीनू और रमिया: रोते हुए...... अरे कोई तो बचाओ हमारी बिटिया को। अरे मुन्नी तो आप सब की बेटी समान है।

मुन्नी: अरे बचाओ...भईया...भईया....

टाइगर: यार टोनी ज़रा बाइक तो रोक, मुझे ये आवाज़ कुछ सुनी सुनी सी लग रही है। अरे हाँ, ये आवाज़ तो हमारी मुन्नी की है।

टोनी: बिलकुल सही, मुझे भी यही लग रहा है कि यह आवाज़, चौपाल से आ रही है। हमारी मुन्नी का घर भी तो वहीं ही है ना! मुझे लगता है कि वहाँ कोई लफडा चल रहा है। चल जल्दी...

टाइगर: अच्छा, तो ई बात है...अरे भाई साहब, तनिक हमारी बात सुनिए, इधर का कोई फिल्म की शुटिंग चल रही है का? अरे दोस्त, ई तो शुटिंग ही चल रही है। देख इधर चीर हरण का सीन चल रहा है। ज़रा कैमरा इधर तो कर...

टोनी: भाई, कैमरा चालू है। तू ज़रा इन का नाम पूछ, तब तक मैं ज़रा अपना लंगोट कस लूँ।

पिल्ले: अबे कौन हो बे तुम? अबे छक्के लम्बू तो तू है।

टाइगर: अबे ओ टकले, छक्के को हमेशा सब छक्के ही दिखत हैं। अबे हम तुहार बाप हैं। समझे टकले।

टोनी: अबे ओ टकले, साले सुअर, कुत्ते हराम के जने.....साले लड़की को छोड़।

पिल्ला: हंसते हुए....क्यों बे, तेरी का बहन लगती है?

टोनी: अबे भैंसे, पहले छोड़ तो सही, फिर बताता हूँ तुझे।

पिल्ला: अच्छा, ये बात है। तो ले छोड़ दिया अब बोल लम्बू, क्या कर लेगा?

टाइगर: भूरा को रोकते हुए...ना बचवा ना...जब दो शेर आपस में भिड़ रहे हों तो बीच में नहीं जाना चाहिए। क्योंकि घायल शेर और भी खतरनाक हो जाता है। तनिक इंतज़ार करो, तुम्हारा भी नाम पूछ लेते हैं।

टोनी ने अपनी जेब से रुमाल निकाला और मुन्नी के आँसू पौंछते हुए बोला

टोनी: अले अले क्या हुआ, हमाली मुनिया को? बस बस चुप हो जा, तेले भईया आ गए हैं ना। अब चुप। देख, तुझे तो पता है ना कि हम तेरे आँसू नहीं देख सकते। अब तक जितने आँसू गिरे हैं। उनका हिसाब इन चारो को अपने खून से देना पड़ेगा।

पूनी: अरे भैया, इन चारो ने हमे बहुत मारा है। इनका जब जी चाहता है, ये लोग बस्ती से किसी भी लड़की को उठा लेते है। । ये टकला ही इन सब को बोस है।

टाइगर: अच्छा तो तू है, पिल्ला टकला। अरे मेरे दोस्त ने तेरा सही परिचय करवाया था कि तू जंगली भैंसा ही है। चल मेरे से बात कर बच्चों पर क्या रोब जमा रहा था। बोल साले, वरना आज इसी जूती से ही तेरा टेटूआ दबा दूँगा।

टकला: अरे लम्बू भाई, मेरी गर्दन से अपने पाँव तो हटाओ, तब बताता हूँ। क्या बोला तूने मुझे जंगली भैंसा, अभी बताता हूँ, तुम्हें। अबे भूरा, कालिया, मुरली, अबे सालों मेरा मुँह क्या देख रहे हो? मारो सालों को और आज यहीं इनकी लाशें बिछा दो।

टोनी: अबे टकले, तूने पूछा था ना कि मुन्नी हमारी क्या लगती है? तो सुन ले कुत्ते, वो हमारी बहन लगती है। तू जानता नहीं है। साले कि ये हमारा इलाका है और हम अपने इलाके में घुसने वाले हर पागल कुत्ते को ठीक करना जानते हैं। ले अब......

और टोनी और टाइगर ने उन सबको इतना मारा के वो अपने पैरों पर भी खड़े नहीं हो पा रहे थे।

टकला: अरे तुम लोग हो कौन? आज तक तो इस बस्ती में हम ही राज कर रहे थे! किसी ने हमारे आगे सर नहीं उठाया।

बस्ती वाले: ये दोनो कोई भी हैं, मगर इस वक्त ये हमारे लिए किसी फरिशते से कम नहीं हैं और आज हम इनके साथ तुम्हारी ईंट से ईंट बजा देंगें।

टकला: सोच लो, हम भी सुभाष त्यागी के बंदें हैं। नेता जी बहुत ही खुंखार है। उनके नाम से तो बड़े बड़े पुलिस वालों की हवा सरक जाती है फिर तो तुम दोनों किस खेत की मूली हो। तुम दोनों को तो वो कीड़े मकोड़ों की तरह मसल देंगें।

टाइगर: अरे अरे, तो पहले बताना चाहिए था कि हम उस नेता के कुत्ते हो। ऐसे ही छोड़ दिया तुम्हें। चलो रे, जाओ ले जाओ इसे और जीप में डाल दो।

टोनी: अरे यार एक मिनट रुक ज़रा।

टाइगर: अच्छा समझ गया...अब रुको बे.... अरे मुन्नी, ज़रा अपनी मम्मी को यहाँ बुला तो।

मुन्नी: बैया, मम्मी यहाँ नहीं आ सकती, इस भैंसे ने उनके कपड़े फाड़ दिए हैं। आप ही अंदर आ कर उनसे मिल लीजिए।

टाइगर: अरे आंटी जी, आप रोइए मत, हमें बस आप अपनी चूड़ियाँ दे दीजिए..ताकि हम इस टकले को पहना सकें और आपका वादा पूरा कर सकें।

टोनी: ला भाई टाइगर, ये काम मुझे करने दे। ला बे टकले अपने हाथ आगे कर और पहन ये चूड़ियाँ और भाग जा अपनी जीप में बैठ कर।

टाइगर: और सुन बे टकले, तू भी अच्छी तरह से सुन ले और जा कर अपने उस त्यागी को भी बता दे कि आज से ये हमारा इलाका है और आज के बाद यहाँ वसूली करने मत आना। वरना उसका अंजाम इससे भी भयंकर होगा। अरे दीनू काका, आपने हमें कभी बताया नहीं कि यहाँ त्यागी के कुत्ते आते हैं।

दीनू: अरे बेटा, हम इसके वास्ते नहीं बोले कि हम लोग हीयहाँ खून खराबा ना ही चाहत रहि। ये नेता तो एक नम्बर का अईयाश आदमी रहि। जौन छोकरिया पन दिल आ जावे, ऊ का उठा लेयित है। और तो और पुलिस भी ई के साथ मिली हुई है। आज ही हीयां का दरोगा, ई का सलाम ठोक कर गया रहिन। आज हम बहुत बड़ी भूल करने जा रहे थे। वो तो भला हो हमार जोरू का, जिसने हमें रोक लिया। वरना आज हम किसी को मुँह दिखाने के काबिल नहीं रहेत। बेटा, एक बार जब हम बीमार थे। तो हमने अपन जोरू को भेज दीन। मगर पता नहीं, ओ दिन के बाद से बहुत सुस्त लग रही है और नेता जी के नाम से नफरत करने लगा। हमार दिमाग को ना जाने का होई गया था कि हम हमार मुन्नी को नेता के पास भेजने का सोच रहि थे। हम सोच रहे थे कि नेता जी उसे कोई पढ़ाई लिखाई का काम दे देंगें तो हम चार पैसे जोड़ लेते और ऊ के

हाथ पीले कर देते। बेटा, आज तो तुम लोगों ने हमार और हमार बिटिया की इज़्ज़त बचा ली। मगर कल ना जाने क्यो होगा।

टाइगर: दीनू काका, आप इस बात की चिंता मत कीजिए। आज से इस बस्ती की रखवाली करना हमारा काम है। वैसे भी मुन्नी तो हमारी बहन है। आप बस इसके लिए एक अच्छा सा वर ढूंढ़ लीजिए... पैसों की चिंता मत कीजिए, हम सब खर्च उठा लेंगें। अच्छा अब हम चलते हैं...राम राम।

मुन्नी: अरे भईया, क्या अपनी बहन के हाथों से बनी हुई चाय नहीं पी कर जायेंगें।

टोनी: अरे क्यों नहीं मुन्नी, हम ज़रुर चाय पी कर जायेंगें। ले भाई चाय पी ले...अरे वाह, हमारी बहन के हाथों में तो जादू है। वाह क्या चाय बनी है।

टाइगर: अरे मुन्नी ऐसे क्या देख रही हो? जैसे पहले कभी देखा ही नहीं।

मुन्नी: नहीं कुछ नहीं भईया। आप दोनों को देख कर मुझे मेरे दो भईया याद आ गए, टोनी और टाइगर.... आप दोनों हू ब हू उनके जैसे हो। वो हमें बचपन से ही बहुत प्यार करते थे। परन्तु आज कल वो हमें मिलते नहीं।

टोनी: क्या तुम उन्हें मिलना चाहती हो?

मुन्नी: हाँ भईया, हम उनसे मिलना चाहते हैं। अगर वो आपको कहीं मिलें तो कहना कि उनकी बहन उन्हें याद कर रही थी।

टाइगर: लो फिर हम तुम्हें उनसे अभी मिलाए देते हैं, ये लो। टाइगर और टोनी ने अपना असली रूप मुन्नी को दिखाया...

मुन्नी: अरे भईया, हम तो आप दोनों को पहचान ही नहीं सके इस रूप में।

टोनी: देखो मुन्नी, हम लोग प्रेस रिपोटर हैं। इसलिए हमें इस तरह के रूप में रहना पड़ता है। मगर तुम कभी इसके बारे में किसी से मत कहना। अच्छा अब हम चलते हैं। अपना ख्याल रखना और किसी से मत डरना।

मुन्नी: जी भईया, भगवान के इलावा, अब हम किसी से नहीं डरेंगें।

उधर जब त्यागी के लोग उसके वहाँ पहुँचे तो उन्हें देखकर त्यागी हंसते हुए बोला....

त्यागी: अबे टकले हमार मुन्नी कहाँ है? और ये अपना क्या हाल बना रखा है, हाथों में चूड़ियाँ, हाथ पैर सूजे हुए... अबे, क्या घाघरा पहनकर मुजरा करने का इरादा है क्या? अबे सालों बोलो तो, तुम्हारा ये हाल आखिकार किया किसने है? वो कौन है, जिसने हमारे लोगों पर हाथ डालने की कोशिश की है? कौन है, वो जिसमें इतनी हिम्मत है कि वो हमसे पंगा ले? अबे बोलो, साले भूरे, तू तो बिलकुल गूंगा ही हो गया है।

तभी वहाँ दरोगा पाली आया और उन लोगों को देखकर बोला...

दरोगा पाली: अरे हम तो इन्हें बिलकुल ठीक ठाक छोड़ कर आए थे, बस्ती में। फिर इनका ये हाल कैसे हो गया?

त्यागी: अबे ओ दरोगा, साले तुझ से तो हम बाद में बात करेंगें।

टकला: सरकार.....

त्यागी: वो देख, बोल पड़ा गूंगा साला, बक जल्दी।

टकला: सरकार... हमने तो मुन्नी को उठा लिया था और सीधा कोठी की तरफ ही आ रहे थे। लेकिन अचानक से दो लम्बें, चौड़े लड़के बाइक पर आए और हम सब पर टूट पढ़े। ना जाने वो दोनों कौन थे? हमने पहले उन्हें इस बस्ती में कभी नहीं देखा। उन्होने हमें कुछ भी कहने का मौका ही नहीं दिया, बड़ी मुश्किल से हम आपका नाम बता पाए। लेकिन जैसे ही हमने आपका नाम बताया, तो उन्होनें हमें मारना बंद कर दिया और बोले कि हमें पहले बताना चाहिए था कि हम आपके आदमी हैं। ये भी कहा कि आज के बाद वो इस इलाके से वसूली करेंगें। सभी बस्ती वाले उन्हें अपना देवता समझ रहे थे और कह रहे थे कि हम उनके लिए अपनी जान भी दे सकते हैं।

दरोगा पाली: अरे नेता जी आप चिंता मत कीजिए.. हम इन सब को डाक्टर के पास ले जाते हैं और उसके बाद हम इसकी एफ. ई. आर लिख लेते हैं। फिर देखना उन दोनों को गिरफ्तार करके, ऐसी रेल बनाँऊगा कि दोनो को नानी याद आ जायेगी।

त्यागी: अबे वो दरोगा। तू यहाँ अपनी वकालत रहने दे, ये मामला पुलिस का नहीं है। हमारा है। तू अपने ये पैसे ले और यहाँ से फूट ले।

ज़रुरत पड़ने पर हम तुझे बुला लेंगें।

दरोगा: ठीक है नेता जी, जैसी आपकी इच्छा, अब हम चलते हैं, नमस्ते।

टकला: बोस मुझे तो दरोगा की बात उचित लग रही है। हमें पुलिस में रिपोर्ट लिखवा देनी चाहिए।

त्यागी: अबे टकले कभी तो दीमाग से काम किया कर। साले ये मामला इतना सीधा नहीं है, जितना, तू समझ रहा है। तू क्यो वहाँ कोई भले का काम कर रहा था, जो उन दोनों ने तुम्हें पीटा। मामला अगर मार पीट का होता तो, हम सम्भाल लेते। किन्तु ये मामला तो एक नाबालिग लड़की को उठाने का है और इसके गवाह वहाँ के सभी लोग हैं । रही पुलिस की बात, तो वो तो सिर्फ पैसे की भाषा जानती है। किन्तु कानून के आगे, वो भी कुछ नहीं कर पाते और हम सब के सब जेल की हवा खायेंगे। सालों, तुम्हें तो कोई फर्क नहीं पड़ता, रोटी हमारी खाओ यां फिर जेल में। लेकिन हमारा सारा बना बनाया खेल बिगड़ जायेगा। एक बात तो सोचने की है कि जिस आदमी ने हमारे गिरेबान पर हाथ डाला है। वो कोई आम आदमी नहीं है। उसने बहुत सोच समझ कर ही ऐसा किया है। जिसने भी अजगर की भीट में हाथ डाला है, वो किसी कोबरा से कम नहीं है। ये दोनों आदमी हमारे काम के हैं। किसी भी तरह उन दोनों को ढूंढ़ों और उन्हें हमारे सामने पेश करो। क्योंकि अगर वो हमारे ओर हो गए, तो ये बस्ती अपने आप ही हमारी हो जायेगी। ये बस्ती ही हमारी हार और जीत का फैसला करती है। इसलिए, भूरा, जाओ और कल से उनकी तलाश करो और उन्हें कहो कि हमने उन दोनो को याद किया है।

अगले दिन.......

टोनी: अरे यार, टाइगर अपने गुप्तचर रिपाटर की खबर तो सही निकली। यार ये नेता त्यागी तो बिलकुल भ्रष्ट निकला। अब मज़ा आयेगा, इस खेल का।

टाइगर: देख दोस्त अजगर की भीट में हाथ तो डाल दिया है। अब देखते हैं कि वो क्या करेगा?

टोनी: अरे यार तड़प रहा होगा। लेकिन यार, इस नेता से मिलें कैसे? मैं तो यही सोच रहा हूँ। हालांकि हमें इसकी कमज़ोरी का तो पता चल

गया है कि लड़की इसकी सबसे बड़ी कमज़ोरी है। मैं तो सोच रहा हूँ कि आने वाले समय में हम किरण और ज्योति की भी मदद लेंगें। उनको चारा बना कर फैंकेंगें और इस मछली को अपने जाल में फंसा लेंगें।

टाइगर: हाँ सही है, वो तो हम ज़रुर करेंगे और रही बात इस नेता जी से मिलने की। तो वो मैंनें सोच लिया है। मैंने एक ऐसा चारा बना लिया है, जिसमें ये मछली अवश्य फंसेंगी। देखना, ये नेता हमें बुलाने के लिए अपने कुत्ते ज़रुर भेजेगा। देख टोनी अब आगे क्या करना है। ये अच्छी तरह से समझ ले। देख हमें इस नेता को भनक भी नहीं लगने देनी कि हम मीडिया के आदमी हैं। एक प्रेस रिपाटर हैं। जब हम इसकी कोठी पर जायेंगे, तो पूरी तैयारी के साथ जायेंगें। अपने गुप्त कैमरा और अपनी सुरक्षा का हमें पूरा ध्यान रखना होगा और नेता जी को ये विश्वास दिलाना होगा कि हम उसके चमचे बनाना चाहते हैं।

अरे टोनी यार ये तो टकले की जीप है। ये आज सुबह सुबह क्या करने आ गए? लगता है, साला कल की मार भूल गया है। आज अगर इसने कोई ऐसी वैसी हरकत की ना, तो साले की टांगें तोड़ दूँगा।

टोनी: अबे ओ टकले, साले कल का स्वागत भूल गया है क्या? आज यहाँ क्या लेने आया है? चल भाग यहाँ से।

टकला: अरे चला जाता हूँ, मगर पहले मेरी बात तो सुन लो। नेता जी ने तुम्हें बुलाया है, अभी के अभी...चलो हमारे साथ।

टोनी: अबे हमें क्यों बुलाया है, नेता जी ने?

टकला: ये तो हमें नहीं पता! हाँ, कल वो कह रहे थे कि वो दोनों आदमी हमारे काम के हैं।

टोनी: ठीक है, पिल्ले। तुम लोग चलो हम आधे घंटें में पहुँच जायेंगें। क्यों टाइगर, आया ना ऊँट पहाड़ के नीचे, अब आयेगा असली मज़ा।

टाइगर: अरे भाई वो सब तो ठीक है। मगर वहाँ तो उसके आदमी होंगें, साला कहीं घेर के मारने के चक्कर में तो नहीं है?

टोनी: तू उसकी चिंता मत कर। अगर उसने कुछ ऐसा किया तो हम उसे बता देंगें कि हम प्रेस रिपोटर हैं और हमारे पास भी खुफिया कैमरे हैं। साले ने ज़्यादा नाटक किया तो उसका पूरा नकश अखबार में खींच देंगें। वो भी फोटो समेत। चल अब चलते हैं। एक बात तो बता, ये जो तूने हाथ

में अंगुठी पहनी हुई है और जो उसका पत्थर है क्या वो कोई चमत्कारी पत्थर है?

टाइगर: अरे नहीं दोस्त, ये तो एक तरह का लूकिंग ग्लास है। देखना वक्त आने पर इसका कैसा इस्तेमाल होता है। ले भाई बातों ही बातों में नेता जी की कोठी आ गई।

टोनी और टाइगर: अरे नेता जी प्रणाम, चरर्ण स्पर्श।

त्यागी: (मन ही मन सोचने लगा कि साले दोनों लड़के लगते तो काम के हैं।) अरे आओ आओ, हम तुम दोनों का ही इंतज़ार कर रहे थे। आओ बैठो, आयूँश्मान भवः

टाइगर: अरे नेता जी आपके मुख से लम्बी आयूँ का आर्शिवाद कुछ अजीब लग रहा है। भई नेता जी जैसी आपकी छवी है, आप तो उसके विपरीत हमदर्दी दिखा रहे हो। खैर बताइए, आपने हमें यहाँ किस लिए बुलाया है?

नेता: अरे इतनी जल्दी भी क्या है? ज़रा पानी वानी पी कर ठंड़े हो जाओ, फिर तस्सली से बात चीत करते हैं। बोलो क्या पियोगे? शैम्पैयन, या विस्की या कुछ और?

टोनी: नेता जी, ये सब तो कमज़ोर इंसानों का सहारा है। हम तो सादे जल से काम चला लेंगें। हाँ, तो बोलिए, क्या सेवा कर सकते हैं हम आपकी?

त्यागी: तुम तो बहुत शातिर दिमाग के हो। तुम्हें तो खुद ही जान लेना चाहिए था कि तुम जिसके गिरेबान में हाथ डाल रहे हो, उसने क्यों बुलाया होगा तुम्हें। तुम्हारी आरती उतारने के लिए तो नहीं बुलाया होगा।

टोनी: हम समझ गए नेता जी कि आप ट्रेलर से संतुष्ट नहीं हुए। आपको पूरी फिल्म दिखानी ही पड़ेगी।

त्यागी: देखो बेटा, अजगर हमेशा अपनी भीट में बैठा रहता है और मौका पाते ही वो अपने शिकार को निगल जाता है और उसका नामो निशान तक मिटा देता है। अब जब तुम उसकी भीट तक पहुँच ही गए हो, तो उसकी फुँकार भी देख लो।

तभी टाइगर ने टेबल पर पढ़े हुए कांच के गिलास को झटपट उठाया ओर ज़ोर से उस गिलास को पीछे की तरफ फैंका और उसकी चोट से एक अज्ञात बंदे का सर फूट गया और वो लहूलूहान हो कर वहीं गिर गया।

टाइगरः ना त्यागी ना, अपने आदमियों से कह दो कि अगर वार करना है, तो सामने से आ कर करें। तुम तो बहुत बुज़दिल निकले। तुम ये भूल रहे हो कि जो अजगर की भीट में घुस सकते हैं। वो किसी कोबरा से कम नहीं होगें। पहली बार है, इसलिए माफ कर रहे हैं। आगे से ऐसी भूल ना हो।

टोनीः ले बे ये पकड़ 100रुपए और जा कर इसकी मरहम पट्टी करवा दे।

पिल्लाः अरे मालिक ये तो बेहोश हो गया.....बहुत खून बह रहा है।

टोनीः यार टकले, एक बात बता। तूने कभी बंदर का नाच देखा है? नहीं देखा, तो आज मैं तुझे दिखाता हूँ। अरे नेता जी, ज़रा वो वस्की की बोतल तो फैंकना इधर।

नेता जीः क्यों बेटा, आ गए ना अपनी औकात पर। ये लो पीओ और जीओ। टोनी ने जल्दी से उस बोतल का ढक्कन खोला और सारी शराब उस आदमी के ज़ख्मों पर डाल दी...जैसे ही शराब उस के ज़ख्मों पर पड़ी, तो वो छटपटाने लगा और इधर उधर भागने लगा। उसे ऐसा करते देख कर सब ज़ोर ज़ोर से हंसने लगे।

नेता जीः अबे टकले, इस बंदर को यहाँ से लेकर जा। तुम सब भी यहाँ से जाओ और अपना अपना काम करो। साला हिजड़ों की तरह चीं चीं कर रहा है।

टाइगरः हाँ, तो नेता जी। क्या यही सब करने के लिए यहाँ बुलाया था?

नेताः अरे नहीं नहीं, ऐसा कुछ नहीं है। वो क्या है ना कि जब अजगर भूखा होता है तो उसे अपने पराये का होश नहीं होता। इसलिए थोड़ी बहुत फुँकार तो मारता ही है। अच्छा तुम बताओ कि तुम दोनों कौन हो और कहाँ से आये हो और क्या काम करते हो? तुम्हें पहले तो इधर नहीं देखा।

टोनीः अरे नेता जी, इतना सब कुछ जान कर क्या करोगे? फिलहाल, आप ये समझ लो कि मेरा नाम टोनी ब्रिगेन्ज़ा है और ये है

टाइगर जीत सिंह जट।

नेता: देखो, शकल से तो तुम बहुत शरीफ और पढ़े लिखे लगते हो। मेरी बात मानों तो इस लफड़े से तुम दूर ही रहो। देखो जो लाख दो लाख तुम्हें चाहिए वो पकड़ों और यहाँ ये चलते बनों।

टोनी: टाइगर, अब आयेगा इस शतरंज को खैलने में मज़ा। अब आया है? ऊँट पहाड के नीचे। बात ये है नेता जी, कि हम दोनों पढ़े लिखे हैं। लाख, दो लाख कमाना हमारे लिए कोई मुशिकल नहीं है। दरअसल, हम दोनों अकाउन्टन्ट हैं और बड़ी बड़ी कम्पनियों का काम करते हैं। उनका लाखों का इंकमटैक्स बचाते हैं। सीधी तरह कहें तो हम उनके काले पैसे को सफेद करते हैं। दो नम्बर के पैसे को एक नम्बर का करते हैं।

त्यागी: मैं समझा नहीं, तुम्हारा मतलब क्या है?

टाइगर: कोई बात नहीं नेता जी, मैं आपको समझाता हूँ। मान लो कि आप के पास एक करोड़ रुपए हैं और वो भी ब्लैक के। उस पैसे को आप बैंक में तो जमा नहीं कर सकते क्योंकि आपके पास उस पैसे को एक नम्बर का दिखाने का कोई रास्ता नहीं है। अरे होगा भी कैसे, आखिरकार आपने वो पैसा गरीबों का खून चूस चूस के जो इकठ्ठा किया है। खैर, अब आप चाहेंगें कि वो सारा काला पैसा, सफेद हो जाए। ताकि, आप किसी तरह की मुसीबत में ना फँसें।

त्यागी को ये सुनकर गुस्सा आने लगा...... अरे अरे नेता जी आप यूँ गुस्सा मत कीजिए। हम तो आपको उधारण दे रहे थे। आप तो निहायत ही शरीफ नेता हैं। हम आपको यह कह रहे थे कि हम उस काले पैसे को सफेद करने का हुनर जानते हैं। बाकि हम तो बहुत ही सीधे साधे आदमी हैं। जो कमाते हैं, उनमें से आधा तो हम गरीबों में बाँट देते हैं। हम तो आपको भी वही करने की सलाह देंगें। आगे आपकी मर्जी। बस यही काम है, हमारा।

त्यागी: अरे कितना कमा लेते हो इस काम में? 10 - 20 हजार ही ना, मेरी तरफ आ जाओ, लाखों में खेलोगे। बोलो करोगे, हमारे साथ काम?

टाइगर: देखिए नेता जी, हम तो पैसा कमाने के लिए ही घर से निकले हैं। हमें तो हर हाल में पैसा कमाना है। लेकिन आपके साथ काम

करने का मज़ा नहीं आयेगा। आप तो शरीफ से नेता हैं। आपके पास कुल मिला के 40-50 लाख से ज़्यादा होगा ही नही। उसमें आप क्या रखेंगें, और हम क्या कमायेंगें? देखिए नेता जी, बुरा मत मानना, जितना आप हमें देंगें, उसमें तो हमारे होंठ भी गीले नहीं होंगें। देखिए सर, हम कम से कम एक करोड़ के नीचे के काम में हाथ नहीं डालते। क्योंकि हमें ईमानदारी का 2 परसैंट चाहिए। अच्छा नेता जी, काफी देर हो गई, अब हम चलते हैं। चल भई टोनी, घर चलें।

त्यागी: ठहरो, जो तुम कह रहे हो, उसका क्या सबूत है तुम्हारे पास? कुछ करके तो दिखाओ हमें, तभी तो हम तुम्हारे साथ काम कर पायेंगें। बोलो कुछ अपना कारनामा दिखा सकते हो?

टोनी: क्यों नहीं नेता जी, उसके लिए आपको हमें एडवांस में 20 हज़ार रुपए देनें होंगें, और उसके बदले हम आपके 1 लाख रुपए, वाईट करके देंगें। अब आप बोलिए, करते हैं, हम पर भरोसा।

त्यागी: अरे यार ये कौन सी बड़ी बात है ये लो पकड़ो एक लाख रुपए और बताओ कि कब होगें ये वाईट। मगर उस सोने का अंडा देने वाली मुर्गी की कहावत को हमेशा याद रखना। ये वो मुर्गी है, जो तुम्हें हर रोज़ एक सोने का अंडा दे सकती है। इसे काटने की कोशिश मत करना।

टाइगर: आप चिंता मत कीजिए, हम इतने मूर्ख नहीं हैं। जो एक लाख रुपए के लिए इस मुर्गी को काट देंगें। इस रुपए को वाईट करना हमारे बायें हाथ का खेल है। उसे लेने के लिए, आप कल शाम पूरी तैयारी के साथ बस्ती आ जाइए। बाकि, काम हमारा।

अगले दिन नेता जी अपने चेलों के साथ शाम के समय बस्ती पहुँचे। जैसे ही नेता जी की गाड़ी रुकी, तभी नेता जी के नाम के जयकार गुंजने लगे, त्यागी जी ज़िंदाबाद...... त्यागी जी ज़िंदाबाद......

त्यागी: अरे भाई, ये सब क्या हो रहा है? वो सामने इतना बड़ा पंडाल किस के लिए लगा हुआ है?

टाइगर: देख लीजिए नेता जी, कल तक इस बस्ती के लोग आपकी जान के दुश्मन हो रहे थे, और आज वो आपकी जय जयकार करते नहीं थक रहे। ये सब हमारा कमाल है।

त्यागी के गाड़ी के बाहर आते ही नेता जी के नाम की जय जय कार और भी तेज़ हो गये....

लोग: हमारा नेता कैसा हो? सुभाष त्यागी जैसा हो। हमारा नेता कैसा हो? सुभाष त्यागी जैसा हो।

टोनी: आइये नेता जी, आइये स्टेज पर आइये। आप यहाँ विराजिए। यह कुर्सी ना जाने कबसे आपका इंतज़ार कर रही है।

टाइगर: सबसे पहले मैं दीनू काका की बीटिया से यह निवेदन करूँगा कि अपने कोमल हाथों से ये नोटों का हार नेता जी पहना कर नेता जी का स्वागत करे। आओ मुन्नी, आओ हम माला को पकड़ लेते हैं। अरे नेता जी ज़रा अपनी गर्दन थोड़ी नीचे कर दीजिए, आपकी बेटी समान ये मुन्नी आपका स्वागत करना चाहती है।

और नेता जी का स्वागत नोटों से भरी हुई माला के साथ किया गया और पूरी बस्ती में तालियाँ गुंजने लगी। मीडिया के लोग भी धड़ाधड़ फोटो लेने लगे। नेता जी अपना ऐसा स्वागत देख कर बहुत खुश हो रहे थे।

त्यागी: बेटी मुन्नी के सर पर हाथ रख कर उसे आर्शिवाद देते हुए कहा कि अगर हम आपकी किसी तरह से मदद कर सकें तो हमें ज़रुर बताइए। हम आपकी पढ़ाई का पूरा खर्च उठायेंगें और बस्ती वालों का भी अधिक से अधिक सरकारी सहायता देनी की कोशिश करेंगें। ये हमारा आपसे वादा है।

टोनी: अब नेता जी आपके सामने अपने विचार रखेंगें।

टाइगर: नेता जी, ये लो ये जो स्पीच लिखी हुई है ये ऐसे की ऐसे ही पढ़ डालो, कोई फेर बदल नहीं करना।

नेता: भाईयों और बहनो, प्यारे बच्चों, आज जो आपने हमारे लिए किया है वो हमारी उम्मीद से बहुत ज़्यादा है। आप लोगों ने अपना पेट काट काट कर ये पाँच लाख की माला जो हमें भेंट की है, इसके लिए मैं आपका तह दिल से आभारी हूँ। मैं आप सब के सहयोग से जीता हुआ आपका प्रतियाशी हूँ और इस आभार के बदले मैं भी आपके लिए कुछ करना चाहता हूँ। मैं आपकी बस्ती में हर वो चीज़ देखना चाहता हूँ जो कि आपकी बस्ती में नहीं है। जैसे हमारी बस्ती में स्कूल, डिस्पेन्सरी, बरात

घर, सुलभ सौचालय आदि नहीं हैं। मैं इन सभी चीज़ों को बनावाने के लिए सरकार से पूरे 5 करोड़ की माँग करूँगा और इसके लिए मैं सरकार से खास सिफारिश भी करूँगा। अब आगे और क्या कहूँ जय हिंद।

ये सुनकर सभी ने सुभाष त्यागी के नाम के जिंदाबाद के नारे लगाए और उसका तालियों से स्वागत किया और उसे उसकी गाड़ी तक छोड़ने भी आए।

टोनी: अच्छा नेता जी राम राम, कल आपसे मुलाकात होगी।

त्यागी: ज़रुर क्यों नहीं। सभी लोगों ने टोनी और टाइगर की जम कर तारिफ की।

दीनू काका: अरे बेटा आओ हमारे घर पर, चाय पीकर जाना।

टाइगर: देखो बेटा मुन्नी, अब आपको हमारे लिए एक काम करना होगा। मगर वो काम हम आपको बाद में बतायेंगे। हाँ, टोनी, तू कुछ पूछ रहा था, बोल क्या बात है?

टोनी: यार मेरे दिमाग में ये बात कब से गुंज रही थी कि तूने नेता जी के यहाँ बैठ कर पीछे कैसे वार किया था? जब की तू उस वक्त तेरी नज़र तो सामने ही थी।

टाइगर: यार, तुझे याद है, एक बार तूने मेरी इस अंगूठी का रहस्य पूछा था। ये इस अंगूठी का ही कमाल है, इससे आप अपने पीछे की तरफ भी देख सकते हो।

टोनी: अब समझ गया। खैर मुन्नी से क्या कहना है?

मुन्नी: जी भईया, आप हमें बताइए। आप हम से कुछ काम करवाना चाहते थे? बताइए हम आप के लिए क्या कर सकते हैं?

टाइगर: देखो मुन्नी, हमने नेताजी के खिलाफ एक प्लैनिंग बनाई है। उसके लिए हमें तुम्हारी ज़रुरत है। तुम मेरी बात ध्यान से सुनों। देखो, मैं जो काम तुम्हें सौंपने जा रहा हूँ वो कठिन भी है और आपको उसमें थोड़ा धैर्य भी रखना पढ़ेगा। उसके साथ साथ आपको निडर भी होना पड़ेगा। देखो, हम आपको नेता का चारा बनाकर फैंकेंगे और वो आपको झपटने की कोशिश करेगा। मगर आपको अपने आप को बचा कर उसे छेड़ छाड़ करने देनी है। क्योंकि आपकी कमीज़ में बटन की जगह एक खुफिया कैमरा लगा होगा। जो कुछ भी नेता करेगा, वो इस

कैमरे में रिकोर्ड हो जायेगा। जब वो अपनी हद पार करने लगेगा, तब आप उसे कहना कि मेरे भईया कहाँ हैं? बस उसी वक्त हम तुम्हारे पास आ जायेंगें। मुन्नी तुम्हें हमारी बात समझ आ गई ना?

मुन्नीः जी भईया, हम आपकी बात समझ गए हैं। हमें ये काम करने में कोई डर नहीं लग रहा। वैसे भी नेता जी ने हमें अपनी बेटी कहा है। फिर आप लोग तो मेरे साथ ही हैं ना। चलिए मैं तैयार हूँ।

टाइगरः टोनी, तू मेरा प्लेन समझ गया ना? देख मै। पहले नेता के पास जाऊँगा और फिर तू आधे घंटे के बाद मुन्नी के साथ आना ।

मुन्नीः अरे टोनी भईया देखो, हम ये सूट पहन कर चलेंगे।

टाइगरः अरे वाह, क्या बात है? इस सूट में तो काम हो जायेगा। मगर मुन्नी आपका जो रोल है, वो नेता जी को रिझाने का है। तो मेरे हिसाब से एक चैक वाली स्कार्ट और 3 बटन वाली काली कमीज़ पहनो। आज के रोल के लिए आपको थोड़ा सा सैक्सी बनना होगा। देखो, हो सकता है कि आपको उसकी गोद में भी बैठना पढ़ेगा। इस गलत फैमी में मत रहना कि वो आपको बेटी समझेगा। खैर छोड़ो इन बातों को, चलों मैं चलता हूँ। तुम टोनी के साथ आधे घंटे के बाद आना।

थोड़ी देर बाद ....

टाइगरः अरे नेता जी, प्रणाम। नेताः अरे आओ आओ, तुम्हारा जोडीदार कहाँ है?

टाइगरः अभी थोड़ी देर में आयेगा। बस्ती में तो आपकी खातिर नहीं कर पाए। इसलिए वो आपकी मनपसंद चीज़ लेने गया है। आपके लिए शबाब और कबाब लेने गया है। खैर, आप ये बताइए कि हमारा प्लैन कैसा लगा?

नेताः हमारा सम्मान तो बहुत हुआ, मगर फायेदा कुछ नहीं हुआ। जो 5 लाख रूपया दिया था, वो ही वापिस आया ना।

टाइगरः रुकिए, हम आपको समझाते हैं कि क्या फायदा हुआ है? क्या आपने आज का अखबार पड़ा है। ये देखिए आप का फोटो और ये देखिए, क्या लिखा है, आपके बारे में? आपने जो कुछ भी वहाँ कहा है, देखिए वो सब अखबारों और टी वी में सब दिखा रहे हैं। सब जगह आपकी वाह वाही हो रही है। आप तो लोगों के दिलों पर छा गए हैं। उससे आपकी

कम से कम एक सीट तो पक्की हो गई और आपके दिए हुए 5 लाख रुपए भी एक नम्बर के हो गए। क्योंकि बस्ती के लोगों ने उसे आपका सतकार करने के लिए दिए हैं। अब आप उन्हें अपने बैंक में डाल सकते हैं। उसके बाद आपने जो जनता से एक करोड़ के प्रोजक्ट की बात की है, उस काम को कीजिए और उसकी जगह 3 करोड़ का काम शो कीजिए। समझे या नहीं?

देखिए, आपके पास जो भी काला धन है, उसे आप बैंक में मत डालिए। बल्कि उससे आप अपने रिश्तेदारों के नाम पर कोई ज़मीन जायदाद ले लीजिए। अगर आप अपने नाम पर भी लेना चाहते हैं, तो लीजिए। मगर उसके लिए बैंक से लोन लीजिए और उसे धीरे धीरे चुकाते रहिए और अपने काले धन को सफेद करते जाइए।

नेताः समझ गए बचवा, मगर इस छोटे मोटे काम से क्या होगा? कुछ ऐसी तरकीब बताओ कि एक ही झटके में करोड़ों अंदर हो जायें।

टाइगरः माफ कीजिए, ये छोटा सा काम तो हमने आपको एक नमूना दिखाने के लिए किया था। वरना, आपको याद होगा कि हमने कहा था, कि हम 5,10 करोड़ के नीचे काम नहीं करते।

नेताः अरे तो हम कहाँ मना कर रहे हैं? तुम कोई बड़ी तरकीब बताओ, तो हम तुम्हें धन भी दे देंगें। कुछ ऐसा करो कि एक ही झटके में 5 करोड़ वाईट हो जायें।

टाइगरः अरे नेता जी, वो भी हो जायेगा, मगर पहले हमें, उन 5 करोड़ के दर्शन तो दिखाइए।

नेताः अरे फिर वही बात, पैसा तो हम तुम्हें दिखा ही देंगें, मगर पहले प्लैनिंग तो बताओ।

टाइगरः कोई बात नहीं, हम वो भी बता देते हैं। मगर उसके लिए आपको 20 लाख रुपए खर्च करने पड़ेंगें।

नेताः मुझे मंज़ूर है, तुम प्लैन बताओ?

टाइगरः इस काम को करने के लिए कम से कम 15 दिन लग जायेंगे।

नेताः चलेगा, दिया समय।

टाइगरः अरे नेता जी, देखिए, टोनी भी आ गया।

नेता: अरे टोनी, ये मुन्नी को अपने साथ क्यों ले कर आए हो? इसी के चक्कर में तो इतना हंगामा हुआ था।

टोनी: अरे नेता, वो क्या है ना कि आप के लोगों को सिर्फ मारा मारी के कुछ और काम तो आता नहीं है। कभी कभी दिमाग से भी काम लेना पड़ता है। अरे नेता जी, जब हम आपके हो ही गए, तो हमारा भी फर्ज बनता है कि हम आपकी खिदमद करें। चलिए, जल्दी से बताइए कि आपका बैड रुम किधर है?

नेता: अरे मगर....वो उस तरफ....

टोनी: अरे वाह क्या आलीशान बैड रुम है, क्या नहीं है, इसमें। चलिए नेता जी, आप जल्दी से कपड़े बदल लीजिए, मैं मुन्नी को आपके लिए छोड़े जा रहा हूँ और मुन्नी, नेता जी की खूब खिदमद करना, जो कहें वैसा ही करना। मैं थोड़ी देर में आता हूँ।

मुन्नी: जी भईया, मैं समझ गई। यह कह कर टोनी वहाँ से निकल गया और नेता जी वहीं खड़े होकर सोचने लगे कि ये टोनी और टाइगर क्या चीज़ हैं। जिस काम को मेरे फौलादी आदमी नहीं कर पाए इन्होनें, वो काम इतनी आसानी से कर दिया। यही सोचते हुए वो मुन्नी की तरफ बड़ा और बोला......

नेता: अरे मुन्नी ये क्या, तुम खड़ी क्यों हो? बैठो ना, हमसे डरने की कोई ज़रुरत नहीं है। इधर आओ इस सौफे पर बैठो। जैसे ही मुन्नी सौफे पर बैठी तो वो दो फूट ऊपर उछल गई और उससे उसकी स्कर्ट भी ऊपर हो गई और उसे नीचे से उसकी काली पैंटी साफ दिखाई देनी लगी। उसे यूं उछलता हुआ देखकर नेता जी हंस पड़ें और उसकी पैंटी को देखकर उनकी नीयत भी डोल गई।

नेता: अरे मुन्नी, वो ज़रा स्टिीरियो का लाल बटन तो दबाओ। जैसे ही मुन्नी ने वो बटन दबाया, तो वो एक दम से डर गई। क्योंकि उस बटन के दबते ही एक गाना ज़ोर से बजने लगा।

नेता: अरे मुन्नी, गाना कैसा लगा? अच्छा लगा? अरे ज़रा थोड़ा नाच कर तो दिखाओ।

मुन्नी: मगर, हमें तो नाचना नहीं आता।

नेता: ये गलत है, अभी तो तुम्हारे भाई ने कहा कि जो हम कहेंगें, वो तुम्हें करना पड़ेगा।

मुन्नी: जी ठीक है, हम नाचते हैं।

थोड़ी देर नाचने के बाद....साहब जी, अब हम जायें?

नेता: अरे ऐसे कैसे, अभी तो सरुर शुरु हुआ है। देखो, हमने इतना मंहगा पर्फ्यूम लगाया है। ज़रा इधर तो आओ, आओ, हम तुम्हें भी लगाते हैं।

नेता जी ज़ब्रदस्ती मुन्नी को पकड़ कर उसकी चैस्ट पर वो पर्फ्यूम लगा दिया और उसे अपनी गोद में बिठा लिया और उसे चूमने की कोशिश करने लगे।

मुन्नी: अरे नेता जी थोड़ा सर्ब कीजिए। हम आपके लिए पैग बनाकर लाते हैं।

नेता: वाह, ये हुई ना बात। लाओ

मुन्नी: लीजिए नेता जी, हमारे हाथों से जाम पीजिए।

नेता: अरे मेरी जान, अब आ भी जाओ और मत तड़पाओ। अब ये शर्मों हया के परदे गिरा डालो। लो हम भी अपनी कमीज़ उतार देते हैं।

मुन्नी: नेता जी लगता है, आपको चढ़ गई है। आप ये कैसी बातें कर रहें हैं। आपने तो हमें सबके सामने अपनी बेटी कहा थो और अब? हमें जाने दीजिये, हमारा काम हो गया है।

नेता: अरे ऐसे कैसे जाने दे सकता हूँ? जाल में आई हुई मछली को भी भला कोई छोड़ता है। बोल क्या चाहिए तुझे, पैसा, ये ले और ले। मगर आज हमारे दिल की हसरत पूरी कर दे। तू आज हमें खुश कर दे, हम तुझे पैसों में तोल देंगें।

मुन्नी ज़ोर ज़ारे से चिल्लाने लगी, मेरे भईया कहाँ हैं...... उसकी आवाज़ सुनकर टोनी और टाइगर अंदर आ गए।

टाइगर: अरे नेता जी ठहरिए। अभी तो ये आप ही की हैं। ज़रा ठंडा करके खाइए नहीं तो मुँह जल जायेगा।

नेता: अरे नहीं नहीं, ऐसी कोई बात नहीं है। मैं तो मज़ाक कर रहा था। मन में सोचते हुए.....साली बकरे की माँ कब तक खैर मनाएगी, एक दिन तो छूरी के नीचे आयेगी।

टाइगर: अच्छा नेता जी अब हम चलते हैं। कुछ दिन बाद आपसे मुलाकात होगी। बाहर जाकर.... अरे मुन्नी वाह, तुमने तो कमाल कर दिया। अब तो ये नेता गया। यार टोनी तू इस कैमरे से इस वीडियो को कम्पूटर में सेव कर ले और इस वीडियो की एक सी डी भी बना ले। अब मुझे नेता के सामने एक ऐसे आदमी को पेश करना है जिससे नेता को हम पर पूरा विश्वास हो जायेगा और वो हमारे सामने अपने सारे राज़ खोल देगा। आज मैं उसी काम से जा रहा हूँ। चल टोनी....

उस जगह पर जाकर....

टोनी टाइगर: अरे भाई साहब, ज़रा सुनिए तो।

आदमी: जी बोलिए?

टोनी टाइगर: अरे यार उस आदमी का क्या नाम है, याद नहीं आ रहा?

आदमी: जी किस आदमी का? किस की बात कर रहे हैं?

टोनी टाइगर: अरे वही, जो लौटरी की मशीन पर काम करता है। हमें उसी से मिलना है।

आदमी: अरे तो यूं कहिए ना, हम उसके साथ ही काम करते हैं। चलिए, हम आपको उसके पास ले चलते हैं। अरे ओ भईया झूमरता....ज़रा बाहर आवा, देखा, ई बाबू लोग तोहका मिलन खातिर आए रहें।

झूमरता: आवा कालू, आवा, भईया चाह पी कर जाना।

आदमी: अरे नाही भईया, हम थोड़ा ज़ल्दी में हैं।

झूमरता: जी बाबू जी, बोलो का काम है हमसे? क्या कोई लौटरी की मशीन बिगड़ गई रही का?

टोनी टाइगर: हाँ जी, एक मशीन खराब हो गई है। हमें 15 दिनों के बाद एक ड्रा निकालना है। इसलिए हम आपको लेने के लिए आए हैं। अच्छा ये तो बताओ, तुम कितना कमा लेते हो?

झूमरता: बाबू जी हम तो नौकरी करते हैं। मालिक जैसा कहता है, हम करत हैं। खैर छोडिए, ये बताई, कि आप ये क्यों पूछ रहे हो?

टोनी टाइगर: झूमरता, क्या तुम लाखों कमाना चाहोगे?

झूमरता: अरे ई भी कौनों पूछने की बात रही, कौन नहीं कमाना चाहेगा?

टाइगर: झूमरता, तुम हमें एक बात बताओ कि जो तुम मशीन की सैटिंग करते हो, तो क्या ऐसा हो सकता है कि हम अपने मन पसंद नम्बरों की सैटिंग कर सकते हैं? मान लो कि हमारे पास, एक करोड़ की लौटरी का टिकट है। क्या ऐसा हो सकता है कि तुम ऐसी सैटिंग करो कि मशीन वहीं नम्बर निकाले?

झूमरता: अरे बाबू जी, ये पूछो कि क्या नहीं हो सकता। अरे सब के सामने हेरा फेरी हो जाती है। परन्तु, ये बहुत ही रिस्की काम है। सरकारी है ना। अगर पकड़े गए, तो सीधा जेल, मगर आप ये क्यों पूछ रहे हो?

टाइगर: अरे झूमरता सीधी सी बात है, हमारे पास 2 करोड़ की लौटरी कर टिकट है। अगर तुम वो नम्बर निकाल दो, तो 5 लाख रुपए तुम्हारे।

झूमरता: देखो, बाबू, नम्बर की सैटिंग तो मैं कर दूँगा और 90 प्रतिशत की गैरेन्टी भी दूँगा, आगे का रिस्क आपका।

टाइगर: बस तो फिर, तुम हमारे साथ चलो। यही बात तुम हमारे नेता जी के सामने बोल दो, उसके लिए ये लो 5 हज़ार रुपए। दरअसल हमें दो नम्बर के पैसे को एक नम्बर का करना है। उसी के लिए ये सब तकड़म लगा रहे हैं।

झूमरता उनके साथ काम करने के लिए तैयार हो गया और उनके साथ चल पड़ा।

टोनी: चलो भई नेता जी का घर आ गया। नेता जी प्रणाम।

नेता: अरे आओ आओ, अरे ये किसे पकड़ लाए?

टाइगर: त्यागी साहब, हमने कहा था ना कि हम आपके करोड़ो को वाईट करवा देंगें। बस इसे इसी के लिए आपके पास लेकर आए हैं। ये कोई मामूली आदमी नहीं है। झूमरता, नेता जी को अपना प्लैन बताओ।

झूमरता: देखिए नेता जी, मैं लौटरी की मशीन का मकैनिक हूँ। जो नम्बर चाहूँ, वो निकाल सकता हूँ। बस वो टिकट 4 दिन पहले का ही होना चाहिए। आपको मुझे सिर्फ वो नम्बर बताना है। उस काम के लिए मैं 2 करोड़ पर आपसे 5 लाख रुपए लूँगा। इससे आपको 1 नम्बर का

पैसा, मिल जायेगा। अगर आप अपने 2 नम्बर के रूपयों को वाईट करना चाहते हैं, तो आप हमारे लौटरी के डीलर वालों को दे दीजिए, वो 5 परसैंट काट कर आपको चैक दे देंगे। क्योंकि उन्हें तो 2 3 नम्बरों पर सट्टा चलाना होता है। उन्हें शाम तक कैश चाहिए होता है।

नेताः ठीक है, अगर तुम्हारी ज़रुरत होगी, तो बुला लेंगें। ये लो 5 हज़ार रुपए और जाओ।

झूमरताः नेता जी, हमें पैसे मिल चुके हैं। इन्हें आप अपने पास रखिए।

नेताः अरे टोनी, इसे तुमने पैसे दिए, चलो, इसे तुम रख लो। अब हमें समझ आ गया है कि तुम दोनों हमारे फायदे के लिए ही काम करोगे।

टाइगरः अरे नहीं कोई बात नहीं नेता जी, इसे भी आप ही रख लीजिए। हमने तो सोचा था कि आप के पास करोड़ो होंगें, मगर आपके पास तो पैसे ही नहीं हैं। हाँ, आयेंगे भी कहाँ से। आप तो बहुत ही ईमानदार नेता हो ना, आपके पास तो 5 - 10 लाख रुपए ही होंगें बस। खैर छोड़िए। अच्छा नेता जी, हम चलते हैं। कहा, सुना माफ। हम तो ये सोच कर आए थे कि आपके लिए काम करेंगें, तो हमारा भी कुछ फायदा हो जायेगा, मगर.....अब हम चलते हैं, अगर ज़रुरत हो, तो हमें बुला भेजिए।

नेताः अरे अरे कहाँ, जा रहे हो? हमें तुम पर पूरा भरोसा है। हम तो खुद ये चाहते हैं कि हम भी कमायें और तुम लोग भी कमाओ। रही बात पैसों की, तो वो हमारे पास बहुत हैं। आओ, आज हम तुम्हारी आँखें खोल ही देते हैं। आओ हमारे साथ।

टोनी टाइगरः अरे अरे नेता जी, ये क्या, ये किस फटीचर कार में बैठने को कह रहे हैं। इसे तो इतना ज़ग लगा हुआ है।

नेताः अरे बेटा, अभी तुमने देखा ही क्या है? ये वो जगह है, जिसे ना तो मेरे घर वाले जानते हैं और ना ही मेरे वफादार....तुम पहले इंसान हो, जिसे मैं ये जगह दिखा रहा हूँ। आओ मेरे पीछे। देखते ही देखते, नेता जी गाड़ी की पीछे वाली सीट को डिक्की की तरफ धकेला और नीचे जाने के लिए सीढ़ियां खुल गई और उनके अंदर प्रवेश होते ही, वो सीट अपने आप अपनी जगह पर आ गई।

टोनी टाइगर: अरे बाप रे बाप नेता जी, इसे कोई पुलिस क्या, सीबीई भी ढूंढ़ नहीं सकती। क्या बात है नेता जी!

नेता: ये देखो, ये है हमारी गुप्त तिज़ोरी। इसमें हमारे पुरखों का भी धन रखा हुआ है और हम इसे वाईट करना चाहते हैं। अब आओ तुम्हें, बाहर जाने का रास्ता दिखाता हूँ। ये एक और खुफिया रास्ता है।

टोनी टाइगर: अरे वाह नेता जी, ये रास्ता तो आपकी छत पर लगी पानी की टंकी के अंदर से निकला। भई वाह, क्या बात है!!!!

टाइगर: नेता जी, अब हम आपके साथ काम करने को तैयार हैं। ठीक है सर, अब हम आपसे कल मिलते हैं। नमस्ते।

बाहर आकर...... अरे टोनी, मैंनें तुझे विडियो बनाने का इशारा किया था, बन गई या नहीं?

टोनी: भाई, हम इतने कच्चे खिलाड़ी नहीं हैं। पूरी विडियो तैयार है।

टाइगर: तो ठीक है, अब तू इसकी एक सी डी तैयार कर ले, ताकि ये इसे ब्लैकमेल करने के काम आ सके। इसके साथ साथ, इसे अपने लैपटोप में भी सेव कर ले और उसे पासवर्ड से प्रोटैक्ट कर दे। जो सिर्फ तुझे और मुझे पता होना चाहिए। देख दोस्त, आज हमारे काम की शुरुवात तो हो गई है, अगर पासा सीधा पड़ा, तो 5 महिने में बहन की शादी धूम धड़ाके के साथ हो जायेगी। अब तू एक काम कर, किरण और ज्योति को फोन करके चमेली पार्क में बुला और कह कि हम उन्हें वहीं मिलेंगें।

टोनी: तू सही कह रहा है। एक महिने से ज़्यादा हो गया, उन्हें देखे हुए। जाने क्या सोच रही होंगी? हैलो, कौन किरण, हाय किरण, कैसी हो?

किरण: मैं ठीक हूँ, आप दोनों कैसे हो?

ज्योति: अरे किससे बात कर रही है? लगता है, टोनी और टाइगर का फौन है। जब भी हम उन्हें दिल से याद करते हैं, तो वो दोनों हमें मिल ही जाते हैं।

टोनी: अरे किससे बातें कर रही हो?

किरण: अरे ज्योति है। कह रही है कि जब भी हम आपको दिल से याद करते हैं, तो आप हमें मिल जाते हो।

टोनी: हाँ, वो तो है। च्छा सुनों, हम दोनों, आपका चमेली पार्क में इंतज़ार कर रहे हैं। आप लोग एक घंटे में वहाँ पहुँच जाओ। बाकि बातें वहीं होंगी।

किरण: ओके ठीक है, बाय...

एक घंटे बाद....

टाइगर: अरे भाई जोड़ी कहाँ रह गई? अब तक वो दोनों आई नहीं और उनके स्वागत के लिए काली घटा पहले से ही आ गई है। ले ...बूंदा बाँदी भी शुरु हो गई।

टोनी: ले भाई, अपने इंतज़ार की घड़ियाँ खत्म हो गई। हाय ज्योति, हाय किरण, कैसी हो?

ज्योति:

हमसे मत पूछो यारो, तुम्हारे बिना दिना कैसे बिताए।
जब भी तुम्हारी याद आई, तब मत पूछो, वो रैन कैसे बिताई।
आँखों में आँसू, सीनें में दर्द, तब आहें भी ना ले पाए।
निकलेगा जब दम, याद में तुम्हारी, तब आहें भी ना भर पायेंगें।
एक दिन जब तड़पता छोड़ कर जाओगे, तो जी नहीं पायेंगें।
देखेगा ज़माना आशिकी का, हम गुरबद तक भी ना चल पायेंगें।

बोलो जान हमारी, क्या जवाब है आपके पास? हमारे इन तड़पते हुए शेरों का?

टाइगर: क्या बात है? लगता है, हम पर बिजलियाँ गिराने का इरादा है? लेकिन हम आपको इस का जवाब यूं नहीं देंगें। देखिए इस चमेली पार्क में हम चारों के इलावा और कोई नहीं है। अब आप दोनों अपनी अपनी आँखें बंद कर लीजिए। क्योंकि आपके ये गुलाबी होंठ और ये भीग हुआ बदन कयामत ढाह रहा है। लेकिन आँखें बंद करने से पहले उस डाल पर ज़रा अपनी निगाह डाल दीजिए। जैसे ही चारों ने उस डाल पर अपनी नज़र डाली तो दोनों लड़कियाँ शर्मा गई। क्योंकि उस डाल पर बैठा हुआ चिड़िया का जोड़ा अपनी चोंच से चोंच मिला कर एक दूसरे से प्यार कर रहा था। उसके बाद दोनों ने अपनी आँखें बंद कर ली और टाइगर और टोनी ने अपनी अपनी लड़कियों के होठों को चूम लिया। उसके बाद उन चारों ने बारिश में एक गाना गया....

और फिर....

टाइगरः यार हम लोग तो बुरी तरह से भीग चूके हैं। ये देख ज्योति छींक रही है। एक काम करते हैं, कोफी हाउस चलते हैं।

टोनीः ठीक है, डेविड़ कोफी हाउस चलते हैं। वहीं बैठ कर बाते भी करेंगें। हम लोग अपनी बाइक यहीं छोड़ देते हैं और किरण की कार में चलते हैं। चलो किरण, डेविड़ कोफी हाउस चलते हैं। जैसे ही वो लोग कोफी हाउस में पहुँचे, वहाँ किसी आदमी ने ज्योति को हाथ पकड़ लिया। उसे ऐसा करते देख, ज्योति ज़ोर से चिल्लाई, टोनी, टाइगर... तभी कोफी हाउस की मालकिन मिस बरगंज़ा बोलीः अबे वो बीड़ू पहलवान, छोकरी का हाथ छोड़ो, ये गुन्डागर्दी हमारे यहाँ नहीं चलेगी, चलो भागे यहाँ से।

पहलवानः अरे आंटी काहे को भड़कती हो। चलो फूटो यहाँ से। हमें रोकेगा कौन? तुम...चल हट बुढ़िया....

यह कह कर उसके आंटी को ज़ोर से धक्का दिया, तो वो गिरने ही वाली थी कि टाइगर ने उसे सम्भाल लिया।

टाइगरः आंटी आप यहाँ बैठो, इनसे तो हम निपट लेंगें। सुनिए, पुलिस को मत बुलाना।

आंटीः अरे बच्चा लोग, तुम इनको नहीं जानता, ये लोग बहुत खतरनाक हैं। ये हमारे यहाँ रोज़ फोकट में खाना खाते हैं, मगर हम इनका कुछ नहीं कर पाते?

टोनीः अरे आंटी जी, फिर तो हम यहाँ से चले जाते हैं। अरे पहलवान जी, हमसे गलती हो गई। हमें पता नहीं था कि दादा लोग यहाँ बैठे हैं। वरना हम यहाँ नहीं आते।

उसकी ये बातें सुनकर पहलवान के आदमी हंसने लगे। उन्हें हंसता हुआ देख टाइगर बोला।

टाइगरः अबे वो सड़े हुए अंड़े, साले कुत्ते, कबूतर की बीट, साले ये जो तुम्हारा पहलवान है ना, ये तो जन्म से ही हीजड़ा लगता है। साले लड़की का हाथ छोड़ दे, वरना अच्छा नहीं होगा।

बीड़ू दादाः अबे ओ लम्बू, मजनू की औलाद। दम है, तो लड़की का हाथ छुड़ा कर दिखा। हमें तो गन्डेरी पसन्द आ जाती है। उसे तो हम चूस ही लेते हैं। हाय क्या आईटम है! भीग बदन, चिकनी कमर, कसम से ऐसी

बला तो कभी नहीं देखी।

टीटू: बौस तो फिर देर किस बात की, दोनों फूलझड़ियों को गाड़ी में डाल कर डाक बंगले पर ले चलते हैं।

टाइगर: अरे यार बीडू, तुझे कितना समझाया। मगर लगता है कि तुझे हिंदी समझ नहीं आती। चल ला ये हाथ मुझे दे।

बीडू: अबे ओ लम्बी टांग वाले घोड़े। ये कोई शोले फिल्म नहीं चल रही, जो ठाकुर तुझे अपने हाथ आसानी से दे दे।

तभी चुपचाप से टोनी ने किचन से एक मसूल उठा लिया।

टाइगर: ठीक है बीडू, तेरी मर्जी। अब तू सम्भल जा क्योंकि जो हमारी चीज़ को छू लेता है, हम उसे किसी और चीज़ को छूने लायक नहीं छोड़ते। ले फिर।

टोनी: क्या हुआ बच्चे? नहीं समझा, तो ले फिर। बीडू ने जिस हाथ से ज्योति को पकड़ा हुआ था, टोनी ने उसी पर ज़ोर से उस मसूल से वार किया।

एक ही छटके में उस पहलवान का हाथ टूट गया। उसके बाद टोनी और टाइगर ने सब की ऐसी धुलाई की कि कोई अपने पैरों से चलने के काबिल नहीं रहा।

टाइगर: चल भाई, बहुत ठुकाई हो गई। अब डाल इन सब को गाड़ी में और ले चल थाने।

चारो उन बदमाशों के लेकर प्रशांत नगर थाने पहुँचे।

टाइगर: सर, ये चारों हमारी होने वाली पत्नियों को छेड़ रहे थे।

एस ई बलराज: थैंक्स, इन चारो की तो हमें एक साल से तलाश थी, इस बीडू पर तो सरकार ने इनाम भी रखा है, जिसके हकदार अब आप लोग हैं।

टोनी: सर वैसे हम दोनों प्रेस रिपोटर हैं और ये तो हमारा फर्ज था। हम बस इतना चाहते हैं कि, ऐसे मुज़रिमों को सख्त से सख्त सज़ा मिले। अच्छा सर, अब हम लोग चलते हैं।

ज्योति: टोनी आप अपना हाथ दिखाओ, ये देखो, हमारा दिल कितनी ज़ोर से धड़क रहा है।

टोनी: ज्योति, मेरा हाथ छोड़ो, ये क्या कर रही हो? सब लोग देख रहे हैं।

ज्योति: देख रहे हैं तो देखने दो, मैं किसी से नहीं डरती। जब प्यार किया तो डर किस बात का? अच्छा, अब ये बताओ कि आप दोनों का काम कहाँ तक पहुँचा?

किरण: हाँ टाइगर, हमें बहुत चिंता हो रही है। आपके काम को लेकर। सिर्फ दो महीने रह गए हैं। आप लोगों के वादे के मुताबिक। हमें बहुत डर लग रहा है। क्योंकि पापा ने हमारी शादी की बात चला रखी है। हम दोनों ने तो सोच रखा है कि अगर आप लोग अपनी शर्त पूरी नहीं कर पाए। तो हम दोनों आप के साथ भाग कर कोर्ट में शादी कर लेंगें। बाद में तो पापा को हमें माफ करना ही पड़ेगा।

टाइगर: वाह क्या सोच है तुम दोनों की? अगर ऐसा ही करना होता, तो कब के कर चुके होते। तुम दोनों शायद अपने पापा को जानती नहीं हो। अगर उनके कान में ऐसी भनक भी लग गई ना, तो वो तुम दोनों की शादियाँ कहीं और करवा देंगें या फिर हम दोनों को हमेशा के लिए रास्ते से हटा देंगें। यदि आप दोनों को हम पर विश्वास है, प्यार है, तो आपको थोड़ा सा इंतज़ार करना होगा। हम आपको पाने की खातिर हर मुनकिन कोशिश कर रहे हैं। इसलिए थोड़ा धीरज रखो और गाड़ी को एक किनारे में रोक दो, क्योंकि चमेली पार्क आ गया है। हम दोनों यहाँ से अपनी बाइक पर चले जायेंगें। अब आप लोग भी अपने घर जाइए। आपके घर वाले परेशान हो रहे होंगें।

तभी टोनी का फोन बजा....

टोनी ने फोन पर बात की और बोला टोनी: चल यार जल्दी घर चल, पापा ने बहुत ज़रुरी काम से घर बुलाया है।

टाइगर: भाई लगता है, अंकल और मेरे पापा दोनों सलाह करके फोन करते हैं। मुझे भी सरोज का दो बार फोन आया है कि पापा घर पर जल्दी बुला रहे हैं। चल भाई देखते हैं, क्या बात है?

घर पहुँच कर...

टोनी: पापा जी पैरी पौना।

पापा: जीते रहो बेटा, आओ।

टोनीः जी पापा, बताइए, आपने मुझे बुलाया? बताइए, क्या ज़रुरी काम है?

विजयः लो भाई, पहले मुँह तो मीठा कर लो।

टोनीः क्या बात है छोटे? आज बहुत खुश नज़र आ रहा है। कौन सी लौटरी लग गई तेरी?

विजयः लौटरी तो नहीं, मगर उससे कुछ कम भी नहीं। भईया, मुझे नौकरी मिल गई है। पूरे 14000 रुपए सैलरी है।

टोनीः अरे वाह छोटे, बहुत बहुम मुबारक हो। मुबारक हो पापा। आप कुछ बात करना चाहते थे, मुझसे?

सुधीरः बेटा दरअसल, एक नहीं दो खुशखबरी थी। एक तो विजय की जोब लग गई और दूसरा, शालिनी के लिए एक लड़के का रिश्ता आया है। लड़का इंजीनियर है और अच्छी जगह काम करता है। वो लोग तो शादी के लिए भी तैयार हैं। उन लोगों ने शालिनी को पहले से ही देख रखा है। मैं सोच रहा था, सब देख भाल कर शालिनी के हाथ पीले कर देते हैं। क्या कहता है? और सुन उधर जब हमने विजय की जोब के बारे में टाइगर के घर वालों को बताया, तो उन्होनें भी सरोज के हाथ पीले करने की बात करके, विजय की तरफ इशारा कर दिया।

टोनीः अरे वाह पापा, ये तो वकाई, बहुत खुशी की बात है। विजय के लिए सरोज जैसी लड़की एक दम फिट रहेगी। पापा, आप दोनों की शादी की तैयारियाँ कीजिए। पैसों का इंतज़ाम हो जायेगा।

सुधीरः मगर बेटा, बड़े बेटे के होते हुए हम छोटे की शादी कैसे कर दें?

टोनीः अरे पापा, मेरे पास उसका भी तोड़ है। आप बस पंडित को बुलाकर, एक अच्छा सा महुरुत निकलवा लो और शादी की तैयारियाँ शुरु करो।

टाइगर के घर पर....

टाइगरः अरे सरोज बहन, ज़रा पानी तो पिला दे। और सुन, पापा कहाँ हैं?

सरोजः भईया ये लीजिए पानी, मैं आपके लिए चाय बनाती हूँ। मम्मी, पापा बाज़ार गए हैं। अभी आते ही होंगें।

टाइगर: अच्छा सुन, पापा ने मुझे जल्दी क्यों बुलाया? सब ठीक तो है, ना?

सरोज: अरे कुछ खास नहीं, आपकी शादी का चक्कर चला रहे होंगें? लो आप चाय पीयो।

टाइगर: लगता है, अब तेरे हाथ की चाय पीना भी मुश्किल हो जायेगा।

सरोज: ऐसा क्यों भईया? आप कहीं बाहर जा रहे हो?

टाइगर: मैं तो नहीं जा रहा, बल्कि, तुझे बाहर भेजने की तैयारी हो रही होगी। अब मैं समझा, कि पापा ने मुझे जल्दी क्यों बुलाया था।

सरोज: आप बहुत खराब हो, मैं आपसे बात नहीं करूँगी।

तभी....

पिता शमशेर: अरे ये क्या चल रहा है, भाई, बहन में?

टाइगर: कुछ नहीं पापा, बस इसे, यहाँ से भगाने की तैयारी हो रही थी।

मम्मी हरबंस: बेटा, तुझे इसीलिए जल्दी घर बुलाया था ताकि कुछ ज़रुरी बाते करनी थी। देख बेटा, हम तो चाहते थे कि पहले हम तेरी शादी करें और बाद में सरोज की, मगर।

टाइगर: ऐसी कोई बात नहीं है माँ। आप मुझे ये बताइए कि आप लोग क्या सोच रहे हैं?

शमशेर: बेटा, टोनी के भाई विजय को एक अच्छी नौकरी मिल गई है। हमने उन्हें बातों बातों में टटोला था। वो लोग राज़ी हैं, सरोज के लिए। तुम क्या कहते हो? हम लोग तो चट मंगनी और पट शादी के लिए तैयार हैं। उन लोगों को भी कोई ऐतराज़ नहीं है। कैसा रहेगा?

टाइगर: बहुत अच्छा रहेगा पापा। आप बस शादी की तैयारियाँ करो। पैसों की चिंता मत करना, हमें सरोज की शादी के लिए कम्पनी से लोन मिल जायेगा।

फिर दोनों ही घरों में शादी की तैयारियाँ ज़ोरों शोरों से शुरु हो गई। फिर एक दिन....

टाइगर और टोनी: नेता जी प्रणाम, कैसे हैं आप?

नेता जी: अरे आओ, आओ। आज बहुत दिनों के बाद हमारी याद आई। हम तो सोच रहे थे कि हमें करोड़ों का लालच देकर, तुम दोनों तो गायब ही हो गए।

टाइगर: अरे नेता जी, हमने आप तक पहुँचने में इतनी मेहनत की है। ऐसे कैसे गायब हो सकते हैं। फिर हमने तो आपको करोड़ों कमाने के कई साधन बता ही दिए हैं। अब तो आप ज़िंदगी भर बैठ कर करोड़ों अंदर करे जाओ। समझे आप?

नेता: अरे साफ साफ कहो, क्या कहना चाहते हो? यूं पहेलियाँ ना बुझाओ?

टोनी: अरे नेता जी, आज हम आपके पास इतनी दिनों के बाद आए हैं, तो कोई ना कोई आपके फायदे की बात ही सोच कर आए हैं। आज तो आप इतने खुश हो जाओगे कि हमें एक करोड़ रुपए इनाम में दे दोगे।

नेता: ये हुई ना बात, अगर तुम्हें मैं एक करोड़ दूँगा तो इसका मतलब की मेरे लिए कमसे कम 10 करोड़ का मुनाफा सोचा होगा तुमने, हैं ना? जल्दी बताओ, मेरे सबर का इम्तेहान मत लो।

टाइगर: अरे नेता जी, इतनी जल्दी भी क्या है? कुछ ठंडा वंड़ा तो पिलाओ और ज़रा अपना वीसीडी चालू कर दो और ये सी डी लगा दो।

सी डी में जब नेता जी ने अपनी सारी करतूतें देखी, तो एकदम आग बबूला हो गए।

नेता: ये सब क्या है? कौन हो तुम दोनों? सीबीई के हो या फिर कोई ब्लैक मैलर? जो भी हो, मगर तुम भूल रहे हो कि इस वक्त तुम कहाँ हो? ये अजगर की भीट है। इसमें आए तो तुम अपनी मर्जी से हो, मगर यहाँ से जा नहीं पाओगे। अपने चारो तरफ देखो, ये बाराती तुम्हारे ही स्वागत के लिए खड़े हैं। रही बात, इस सी डी की। तो लो मैंने इसके 10 टूकड़े कर दिए। अब तुम बच नहीं सकते। तुम्हें मार कर मैं आसानी से बच जाऊँगा।

टाइगर: देखिए नेता जी, आप पुलिस से तो बच जायेंगें, मगर हमसे नहीं बच सकते।

नेता: देखो बच्चो, हमारा नाम त्यागी है। जो चीज़ हमारे मन से उतर जाती है। हम उसका त्याग कर देते हैं। सो, आजसे हम तुम दोनों का

त्याग कर रहे हैं। गनमैंन...

गनमैंन: सर हुक्म कीजिए, दोनों को उड़ा दूँ?

नेता: अरे नहीं रे। इतनी जल्दी भी क्या है। हम इन्हें तड़पा तड़पा कर मारेंगें। देखो बच्चो, वो ठीक है कि हमने आज से तुम्हें त्याग दिया है। मगर एक वक्त पे तुमने हमारा फायदा भी करवाया है। इसलिए, हम तुम्हें मारने से पहले तुम्हारी आखिरी इच्छा ज़रुर जानना चाहेंगे। बोलो, तुम्हें क्या चाहिए?

टाइगर: नेता जी, हमारी आखिरी ख्वाईश ये है कि हम आपसे 10 मिनट अकेले में बात करना चाहते हैं।

नेता: चलो कोई बात नहीं, 10 मिनट की ज़िंदगी हमने तुम्हें दान में दे दी। अब जल्दी बको।

टाइगर: देखो नेता जी, हम आपको सिर्फ ये समझाना चाहते हैं कि अगर आप हमसे संधी करके चलोगें, तो आप हमेशा फायदे में रहोगे। आप गुस्सें में आकर अपने होश खो रहे हैं। आप हमें सिर्फ परेशान कर सकते हो, चाहे वो हमारी फैमली को तंग करके हो, या फिर मुन्नी को उठवा कर। मगर याद रखना, इन सब बातों का हम पर कोई असर नहीं होगा।

त्यागी: अबे ये क्या बकवास कर रहे हो? साफ साफ कहो ना, क्या कहना चाहते हो?

टोनी: बकवास हम नहीं, बल्कि आप बकवास बातें कर रहे हो। देखो हम बईमानी का धंधा करते हैं, मगर ईमानदारी से।

त्यागी: अबे साले, जी में आता है कि तेरा गला दबा दूं। अब अगर तुम 5 मिनट में नहीं बके ना कि तुम क्या कहना चाहते हो? तो सालों, असली में तुम दोनों को गोली मार दूँगा।

टाइगर: अरे नेता जी, आप बार बार हमें गोली मारने की धमकी मत दीजिए। देखिए सब कुछ इस सीसीटीवी कैमरा में रिकोर्ड हो रहा है।

नेता: अबे, तू उसकी चिंता मत कर, वो मेरे कैमरे हैं। उसें मैं देख लूँगा। वो मेरे इशारे पर चलता है।

टाइगर: सही कहा आपने, वो आपके कैमरे हैं। वो आपके इशारे पर चलते हैं और ये हमारे इशारे पर चलते हैं। लीजिए, आप भी सुन लीजिए

अपनी मधुर आवाज़।

नेता जी, अपनी आवाज़ सुनकर बौखला गए और बोले...

नेता: अबे सालों, पागल कर दिया है, तुमने। साले जीते जागते यमदूत हो। तुम्हें तो मैं.....

टोनी: नेता जी, आप शांत हो जाइए। देखिए, हमारे इन कैमरों का डायरेक्ट टेलिकास्ट हो रहा है। दरअसल, हम दोनों मीडिया का आदमी हैं। ये देखिए हमारे कार्ड। सुनिए नेता जी, अब ये बात आप गौर से सुनिए। हमारे पास आपके सारे काले धन की, मुन्नी के साथ बलातकार की कोशिश की और इस धमकी की सारी रिकोर्डिंग है। अगर ये अखबारों में, न्यूज़ चैनल पर चली गई, तो सोच लो, सारी उम्र जेल की सलाखों के पीछे गुज़रेगी। एक और बात, जो आपके लिए ज़रुरी है, वो ये कि हमने आपके सारे कारनामों की इस दास्तान को एक छोटी सी चीप में स्टोर कर लिया है और उसे एक बैंक के लौकर में डाल दिया। उसका कोर्ड सिर्फ हम ही जानते हैं। दूसरी चीज़ ये कि हमने एक हल्फनामें में ये लिख कर रख दिया है कि अगर हमें, या हमारे परिवार वालों को कुछ भी होता है, तो उसके ज़िम्मेंदार, हमारे प्रिय नेता त्यागी जी होंगे। हमने उसमें उस चीप के बारे में भी लिखा है कि इस सूरत में पुलिस उस लौकर से उस चीप को निकाल ले और आपको हमेशा हमेशा के लिए अंदर कर दे। बस जनाब, ये थी हमारी छोटी सी दास्तान। बाकि आप खुद बहुत समझदार हैं। आगे फैसला आपके हाथ में है। कुछ समझे आप?

नेता: समझ तो अच्छी तरह से गए हैं, तुम्हें। हमारे हाथ पांव काट कर पूछ रहे हो कि कैसा महसूस हो रहा है? खैर बको, क्या कीमत चाहिए तुम्हें इसकी? 10,20,50 हज़ार, जो चाहिए लो और इस खेल को यहीं खत्म करो।

टोनी: अरे अरे नेता जी, अब हम इतने भी गिरे हुए नहीं हैं कि इतनी छोटी सी रकम के लिए आपसे सौदा कर लें। मगर आप घबराइए मत। हम आपसे कोई 10, 20 करोड़ नहीं माँगने वाले। हमें तो सिर्फ एक करोड़ रुपए चाहिए।

नेता: क्या एक करोड़? तुम्हारा दिमाग खराब हो गया है, क्या? पागल हो गए हो क्या?

टोनी: अरे नेता जी आप तो इसी में घबरा गए, हम तो ये कह रहे थे कि ये तो सिर्फ पहली किश्त है। बाकि हमें, जब भी ज़रुरत पढ़ेगी, हम अपनी पेंशन लेने चले आयेंगे। आप चिंता मत कीजिए, आप आराम से सोच लीजिए। हमें कोई जल्दी नहीं है। अच्छा, हम चलते हैं। हमें आपके जवाब का इंतज़ार रहेगा।

नेता: अबे रोक जाओ। तुम तो सालों वो कुत्ते हो, जब तक तुम्हें रोटी मिलती रहेगी, तब तक मालिक के वफादार रहोगे, वरना उसे ही काटने दौड़गे। तुम रुको, हम अभी आते हैं।

टाइगर: टोनी, अब आया साला ऊँट पहाड़ के नीचे। लगता है, अपना काम हो गया।

टोनी: हाँ, वो तो है। मगर ये साला इतनी आसानी से हमें नहीं छोड़ेगें। ये शहर के सभी बैंकों को छान मारेगा, उस चीप के लिए। जब वो उसे नहीं मिलेगी, तो ये हमें नहीं छोड़ेगा। क्या कहता है?

टाइगर: मगर दोस्त, उसका भी इलाज़ है ना, हमारे पास। आज के बाद हम इस गेटअप में कभी नहीं रहेंगें। साला हमें पूरे शहर में ढूंढ़ता रहेगा, मगर हम इसे कभी नहीं मिलेंगें। चल अब चुप...नेता जी आ गए।

नेता: ये लो तुम्हारे पूरे एक करोड़, गिन लो। ये लो एक हज़ार रुपए ऊपर से, तुम्हारे जाने का भाड़ा। अब दफा हो जाओ, यहाँ से।

टोनी: अरे नेता जी, आप हमारा कितना ध्यान रखते हैं। हमें पूरा विश्वास है कि आप हमारा ध्यान इसी तरह से रखते रहेंगें। ये लीजिए, इस पेपर में बैंक का नाम और उसके लौकर का कोर्ड है। अब हम चलते हैं।

नेता: जाओ, और कभी अपनी शकल मत दिखाना।

बाहर आकर...

टाइगर: टोनी, कामयाबी की पहली सीढ़ी तो हम चढ़ गए। अब बता हमें आगे क्या करना चाहिए?

टोनी: यार सबसे पहले हमें इस पैसे से एक बिज़नस स्ट्रार्ट करना चाहिए।

टाइगर: वैरी गुड, मैं भी यही सोच रहा था। उसके लिए मेरे दिमाग में एक आईडिया है। हम सबसे पहले मेन रोड पर एक 500 गज़ का प्लाट

खरीद कर, वहाँ बिल्डिंग मैटीरियल का काम शुरु करते हैं। बोल क्या कहता है।

टोनी: यार काम तो अच्छा है। दो चार नौकर रख लेंगें, तो काम बन जायेगा।

फिर कुछ दिन के बाद...

टाइगर: टोनी ये देख, मैंनें एक सस्ता प्लाट देखा है। मैंने हिसाब लगया है कि 15 लाख में काम चालू हो जायेगा।

टोनी: अरे मेरे भाई, तो फिर सोच क्या रहा है? चल आज ही बियाना दे देते हैं।

दोनों ने मिलकर वो जगह खरीद ली और दोनों ने ज्योति और किरण के नाम पर वो काम शुरु किया और उसका उदघाटन करने के लिए शहर की सभी महान हस्तियों को बुलाया। साथ ही साथ उन्होनें किरण और ज्योति के माता पिता को भी बुलाया। उनके माता पिता ने जब अपनी लड़कियों के नाम का बोर्ड देखा, तो वो फूले नहीं समाए। उन्होनें टोनी और टाइगर को आर्शीवाद दिया और कहा कि अब हमें यकिन हो गया है कि तुम बहुत तरक्की करोगे। उन्होनें सबसे पहले उन दोनों को दो लाख का ओर्डर दिलवाया और उनका काम शुरु हो गया।

टाइगर: टोनी तुझे याद है, हमने इस शहर के सभी भ्रष्ट लोगों की एक लीस्ट बनाई थी। अब समय आ गया है कि हम अब अपने दूसरे मिशन पर चलें।

टोनी: हाँ, वो लीस्ट है, मेरे पास। मगर उससे पहले हमें एक नेक काम करना है। वो ये कि हमें, इन पैसों में से एक लाख रुपए मुन्नी के बाबा को देनें हैं। यार उनका भला हो जायेगा। क्या कहता है?

टाइगर: हाँ, वो तो है। मगर उसके लिए मुझे घर जाना पड़ेगा, पैसे लेने के लिए। मैं बस अभी लेकर आता हूँ।

टोनी: अरे टाइगर ये तो बता, जब तू वो बैग लेकर घर गया था, तो घर वालो ने पूछा नहीं कि इसमें क्या है?

टाइगर: पूछा था, मैंने कहा कि इसमें ओफिस के कुछ ज़रुरी कागज़ात हैं। इसे कोई हाथ मत लगए। चल तू रुक मैं अभी पैसे लेकर आता हूँ।

थोड़ी देर बाद.....

टोनी: अरे दीनू काका, राम राम, चाची कैसी हो और हमारी मुन्नी कैसी है?

चाची: बेटा हम सब तो ठीक हैं, मगर नेता जी के आदमी बहुत गुस्से में घूम रहे हैं।

टोनी: अरे काकी, काका, आपने हमारे बारे में किसी को बताया तो नहीं ना, खास तौर से मुन्नी को।

दीनू: अरे नहीं बेटा, हमने किसी को कुछ नहीं कहा।

टोनी: अच्छा आप लोग ज़रा अंदर आइये।

दीनू: अरे क्या हुआ बेटा?

टोनी: काका, काकी ये लीजिए पूरे एक लाख रुपए। हम लोगों का तो कोई भरोसा नहीं होता। आज इस शहर में तो कल कहीं ओर। इसलिए आज ही हम आपको ये पैसे देने आ गए। अब आप एक अच्छा सा लड़का देख कर हमारी मुन्नी का शादी करवा दीजिए।

काकी: अरे जीते रहो बेटा, हमारी उम्र भी आपको लग जाए।

टोनी: अच्छा काका, अब हम चलते हैं। हमे कुछ ज़रुरी काम हैं।

मुन्नी: भईया, अभी तो हम घर पर हैं। अभी से छोड़ कर जा रहे हो अपनी बहन को? उसके हाथों की चाय नहीं पीयेगे?

टाइगर: अरे ऐसा कैसे हो सकता है कि हम तेरे हाथ की चाय नहीं पीयें। जाओ जल्दी से बना कर ले आओ।

चाय पीने के बाद.... अब तो खुश हो। अच्छा मुन्नी अब हम चलते हैं।

टोनी के घर पर....

सुधीर: अरे टोनी बेटा तुम आ गए, अभी हम तुम्हारा ही ज़िर्क कर रहे थे।

टोनी: अच्छा बोलिए पापा, क्या काम है? हाँ, मम्मी आप भी आओ, बोलो क्या बात है?

तभी विजय भी आ गया

विजय: अरे भैया, कहाँ हो यार, आपके तो दर्शन ही मुशकिल हो गए हैं।

टोनी: अरे अभी मैं तेरे बारे में ही पूछने वाला था। अच्छा हुआ तू आ गया, चलो शालिनी तुम सब के लिए चाय बना दो। जी पापा, बोलिए, क्या बात है? मुझे कैसे याद कर रहे थे आप सब?

सुधीर: बेटा, हमारी शमशेर जी से बात हुई थी। उन्होनें हमें बताया कि उनके पंडित जी ने 4 दिन बाद का यानी की 25 नवम्बर का शुभ महुरत निकाला है, शादी का। इसी लिए तुम्हारी राय लेनी थी, बोलो क्या कहते हो?

टोनी: अरे पापा, कोई दिक्कत ही नहीं है, ये लीजिए दो लाख रुपए और आप फौरन शादी की तैयारी शुरु कीजिए।

जानकी: बेटा, तू कोई ऐसा, वैसा काम तो नहीं कर रहा ना, जिससे हम सबकी बदनामी हो?

टोनी: अरे नहीं माँ। एक तो मैंने अपनी कम्पनी से लोन लिया है और फिर हमारा काम भी तो ज़ोरों पर चल रहा है।

जानकी: अब जाकर मुझे तसल्ली हुई। चलो चलो, जल्दी करो, अभी बहुत सी तैयारियाँ करनी हैं।

टोनी: अरे मम्मी, सब हो जाएगा। आप चिंता मत करो और मुझे जल्दी से खाना दो। बहुत ज़ोरों से भूख लगी है।

उधर त्यागी ने उस बैंक के जी.एम. के साथ मिल उस बैंक की सारी ब्रांचों के सारे लौकर खुलवा दिए, मगर ना तो कोई सी डी मिली और ना ही कोई चीप। अब उसे ये समझ आ गया कि वो इस बार ठगा गया है और वो गुस्से में आग बबूला हो गया और अपनी आदमियों से बोला।

नेता: अबे ओ टकले, गौर से हमारी बात सुनों। उन दोनों का पता लगाओ कि वो कहाँ रहते हैं और उनके घर में कौन कौन है। ये सारी बातें हमें कल तक पता चल जानी चाहिए। उन सालों को तो मैं नहीं छोडूंगा?

टकला: हो जायेगा मालिक। आज ही हो जायेगा, मगर मालिक, हमारे सीसीटीवी कैमरों में तो उनकी तस्वीरें हैं। तो क्या हम पुलिस को ये खबर नहीं दे सकते कि वो आपके घर से दो करोड़ कैश लेकर भागे हैं।

नेता: अबे तुझे जितना कहा है उतना कर। अबे पुलिस को खबर करके मुझे इंकम टैक्स वालों को अपने पीछे थोड़े ना लगवाना है। तू जा और उनकी खोज खबर निकाल कर ला।

टकला: जी सर, मैं अभी उनकी तलाश में निकलता हूँ।

उधर से निकल कर टकला सीधा बस्ती पहुँचा और एक बच्चे को रोक कर बोला

टकला: ऐ मुन्ना, ज़रा इधर तो आ, क्या नाम है रे तेरा? कहाँ जा रहा है?

मुन्ना: हमारा नाम मुन्ना है और हम बाज़ार में किताबें लेने जा रहे हैं। मगर आप हम से ये सब क्यों पूछ रहे हो?

टकला: ज़्यादा चपड़ चपड़ मत करो। तेरे को मेरे से डर नहीं लगता।

मुन्ना: नहीं, हमें किसी से डर नहीं लगता, जानते हो क्यों? क्योंकि हमारे पास ये गुलेल है और हमारा निशाना बहुत ही अच्छा है। क़हो तो आपकी गंजी खोपड़ी पर लगा कर दिखायें।

टकला: अरे अरे, तुम तो नाराज़ हो गए। अरे हम तो आप से दोस्ती करने आए थे। लो ये चैकलेट लो और हमें ये बताओ कि आपके टोनी और टाइगर भैया का घर कौन सा है?

मुन्ना: अरे तो आपको ऐसे बोलना चाहिए था, ना। वो देखो, वो टोनी भैया का घर है और वो जहाँ लाईट जल रही है, वो टाइगर भैया का है। मगर आप लोग उनसे नहीं मिल सकते, क्योंकि उन दोनों के घरों में शादी है। टाइगर भैया की बहन क़ी शादी, टोनी भैया के छोटे भाई के साथ हो रही है और वो दोनों, किसी काम से बाहर गए हुए हैं।

टकला: अब सुन मुन्ना, जब तुम अपनी टोनी और टाइगर भैया से मिलो। तो कहना कि नेता जी के आदमी उन्हें ढूंढ़ रहे हैं। समझे...अब जाओ तुम।

थोड़ी देर बाद....

टोनी और टाइगर: अरे मुन्ना, इतनी सारी किताबें लेकर कहाँ से आ रहा है? आजा, बाइक पर बैठ जा।

मुन्ना: अरे अच्छा हुआ आप दोनों हमें मिल गए। पता है, जब हम किताबें लेने के लिए जा रहे थे, तब हमें आपके दोस्त मिले थे। जो आपके बारे में पूछ रहे थे।

टोनी: हमारे दोस्त, कौन? खैर, फिर क्या हुआ?

मुन्ना: वो बोले कि हम आपको ये कह दें कि त्यागी के आदमी आपको भूखे शेर की तरह ढूंढ़ रहे हैं। मगर हमने उनसे कह दिया कि आप दोनों अभी यहाँ नहीं हो, क्योंकि आपके भाई की शादी, टाइगर भैया की बहन के साथ है और आप दोनों उसी में बीजी हो।

टोनी: अरे थैंक्स मुन्ना, अरे वो हमारे दोस्त आपके साथ मज़ाक कर रहे थे। चलो, अब तुम घर जाओ। बाय....

टाइगर: अरे टोनी, ये क्या रफड़ा है, यार। ये लोग हमें पहचान तो नहीं पायेंगे, मगर इन लोगों ने हमारे घर देख लिए हैं, साले कुछ भी कर सकते हैं।

टोनी: अरे यार लगता है कि उसने सारे बैंक के लौकर छान मारे हैं और उसके हाथ कुछ नहीं लगा। इसलिए गुस्सें में आकर हमारी खोज बीन कर रहा है। मैं तो कहता हूँ, कि साले का वीडियों मीडिया में दे देते हैं।

टाइगर: वो तो ठीक है, मगर ये बईमानी के असूलों के खिलाफ होगा। साला और तिलमिला जायेगा। तू चिंता मत कर, ये साला अभी कुछ नहीं कर सकता। ज़्यादा से ज़्यादा, ये हमारे घर से किसी को उठवाने की कोशिश करेगा और उसके ज़रिए हमसे सौदे बाज़ी करेगा। मगर मैंने उसका तोड़ भी सोच कर रखा है। ठीक शादी के दिन हम एक तीर से दो निशाने लगायेंगे।

टोनी: अरे यार तू क्या कह रहा है, मुझे कुछ समझ नहीं आ रहा है?

टाइगर: टोनी तुझे याद है, नेता जी के दो बच्चें हैं और उनकी बीवी उनके साथ ही रहती है। जहाँ वो बोड़िंग में पढ़ते हैं। हम उसके बच्चों को ये सी डी दिखा कर, अपने साथ मिला लेंगें और उन्हें अपने यहाँ ले आयेंगे, अगर इसने कोई चाल चलने की कोशिश की तो, हम उन्हें हथियार बना कर इस्तेमाल करेंगे। अगर इसने ऐसा कुछ नहीं किया तो हम उसकी बीवी बच्चों का सही सलामत उसके घर पर छोड़ देंगें।

टोनी: अरे वाह यार, क्या दिमाग है तेरा? चल अब बहुत सी तैयारियाँ करनी हैं, शादी की।

नेता के घर में...

टकला: मालिक, आज मैं आपके लिए वो खबर लाया हूँ जिसे सुनकर आप झूम उठेंगे।

नेता: अच्छा ये बात है, तो ले ये विदेशी दारु की बोतल और जल्दी से बता क्या खुशखबरी है?

टकला: मालिक, हमने उन दोनों के घर देख लिए हैं। दूसरी बात ये कि कल उस टाइगर की बहन सरोज की शादी, टोनी के भाई विजय के साथ है। अगर आप हुक्म दें तो, हम उन दोनों को....

नेता: अबे टकले, तू हमेशा मार धाड़ की बात ही क्यों सोचता है? बेटा और भी तो रास्ते हैं। अच्छा सुन, क्या तू धनराज को जानता है?

टकला: हाँ मालिक, अच्छी तरह से जानता हूँ। वो जो ड्रग्स का धंधा करता था। मगर वो तो अभी जेल में है।

नेता: बिलकुल सही कहा तूने, मगर वो कल ही जेल से रिहा हो रहा है। उसको जाकर कर मिल और उसे बोल की कल रात को हमने उसे अपने पुराने बंगले पर बुलाया है।

अगले दिन रात को....

धनराज: कहिए नेता जी, गुलाम को कैसे याद किया?

नेता: याद तुम्हें इसलिए किया की हम चाहते हैं कि तुम हमारा एक काम करो। ये लो उसकी पेशगी।

धनराज: ये बताइए कि मुझे करना क्या है?

नेता: बात दरअसल ये है कि बस्ती के दो लड़को ने हमें चूना लगाया है। अब हमें उन्हें सबक सिखाना है। उनमें से एक का नाम टोनी और दूसरे का नाम टाइगर है। आज रात को टाइगर की बहन की शादी टोनी के भाई के साथ हो रही है।

धनराज: मैं समझ गया, आज ही उन दोनों को ठिकाने लगाना है।

नेता: नहीं, बिलकुल नहीं, आज तुम्हें कुछ नहीं करना है। बल्कि कल उन दोनों को अगवा करके मेरे पास सही सलामत लाना है। देखो, कल जब टोनी और टाइगर दोनों अपनी मोटर साईकल पर बैठ कर घर से बाहर जायेंगे, तब मेरे 4 आदमी उन पर कड़ी नज़र रखेंगे। उनके जाने के ठीक के एक घंटे के बाद तुम टोनी के घर जाना और एक दम घबरा कर पूछना कि टोनी का भाई और टाइगर की बहन कौन हैं? जब वो तुम्हें

अपनी पहचान बता दें, तो उन्हें कहना कि उनके भाईयों की बाइक का एक्सीडेंट हो गया है और तुम उन्हें होस्पिटल पहुँचा कर आए हो। अगर वो फोन करने को कहें, तो उन्हें कह देना कि समय खराब मत करो और जल्दी चलो। फिर तुम उन्हें अपनी गाड़ी में बिठा कर हमारी कोठी नम्बर एक पर छोड़ देना, वहाँ से मेरे आदमी उन्हें प्यार से मेरे पास ले आएंगे। समझ गए?

धनराजः ठीक है नेता जी, आपका काम हो जायेगा। अगले दिन टाइगर और टोनी एक साथ बाइक पर घर से निकले ....

टोनीः यार टाइगर, अब बता, आगे की क्या प्लैनिंग है?

टाइगरः अभी बताता हूँ। मगर जाने से पहले दुकान पर जा कर मीलखी सिंह को काम समझा जाते हैं।

दुकान पर...

टोनीः अरे मीलखी, कहाँ कहाँ माल जा रहा है, आज? किसी चीज़ की कोई कमी तो नहीं?

मीलखीः साहब जी, यह रही पर्ची। 10 जगह की सपलाई है आज की। मगर आप चिंता मत करो, सब हो जायेगा, आराम से। बस सीमेंट की 50 बोरियाँ रह गई हैं, उसका क्या करना है?

टोनीः उसकी चिंता मत करो, दोपहर तक 4 ट्रक सीमेंट आ जायेगा। अब हम चलते हैं। अब बता टाइगर कहाँ जाना है?

टाइगरः दूर जाना है। इसलिए आज हम बाइक पर नहीं, बल्कि टैक्सी में जायेंगें। हमें यहाँ से 30 किलोमीटर दूर जाना है। आज हमें नील बिल्डिंग में जाना है, जहाँ नेता जी के दोनों बच्चे अपनी मम्मी के साथ रहते हैं। आज हमें उन्हें अगवा करना है।

टोनीः अरे मगर हमें अभी ये करने की क्या ज़रुरत है?

टाइगरः ज़रुरत है, टोनी, मगर उसके लिए हमें पहले अपना हुलिया बदलना है। हमें ठीक वैसा ही बनना है, जैसे हम नेता जी के सामने थे। अब रही बात इन्हें अगवा करने की, तो इसकी दो वजहें हैं पहली ये कि तू जानता है कि वो साला अब तक बौखला चुका है और उसके आदमी हमारा घर देख चुके हैं। इसलिए अब वो हमारे घर वालों को नुकसान पहुँचाने की कोशिश ज़रुर करेंगें। उस समय अगर उसके बीवी बच्चे

हमारे कबज़े में होंगें, तो हम अपने घर वाले को छुड़वा पायेंगें। दूसरा ये कि वो साला इन्हें, यहाँ अकेले में छोड़ कर वहाँ अईयाशी करता रहता है। हम उसे मजबूर करेंगें कि वो अपने बीवी बच्चों को अपने साथ रखे। ताकि ये बेचारे भी अपने पापा के साथ रहने का फायदा उठा सकें। उसकी बीवी भी उसके साथ रहेगी, तो वो भी खुश रहेगी।

दोनों टैक्सी में बैठे और वहाँ पहुँच गए ....

टोनी: अरे भैया, आप बस थोड़ी देर रुकिए, हम बस गए और आए।

टैक्सी वाला: कोई नी जी, अराम से आ जाओ, मैंनू कोई जल्दी नहीं है, जी।

दोनों ने उस घर की बैल बजाई जिस में नेता जी के बच्चे और बीवी रहते थे।

जमुना: जी बोलिए, कौन हैं आप और क्या काम है?

सनी: अरे कुनू देख, कोई आया है?

कुनू: अरे भैया लगता है, पापा ने हमें लेने किसी को भेजा है।

जमुना: अरे तेरे पापा, किसी को हमें लेने के लिए क्यों भेजेंगे? अगर उन्हें हमें अपने साथ ही रखना होता, तो हमें यहाँ अकेला रहने के लिए नहीं छोड़ते।

टाइगर: देखिए, आप लोग घबराइए मत, हम आप सब को जानते हैं। आप नेता त्यागी जी की पत्नी हैं और ये दोनों आपके बच्चें हैं, सनी और कुनू। देखिए, हम जानते हैं कि नेता जी ने आपको यहाँ अकेला छोड़ रखा है और आपको मिलने भी नहीं आते। मगर आप लोग हमारा साथ दें, तो आप उन्हें मिल सकते हैं। उनके साथ हमेशा के लिए रह सकते हैं। मैं समझ सकता हूँ कि नेता जी ने आपको एक पुरानी जूती की तरह इस्तेमाल करके फैंक दिया है। वहाँ रोज नई से नई लड़कियों के साथ गुलछररे उठा रहे हैं। मगर आप चिंता मत कीजिए, आप बस वैसा ही कीजिए, जैसा हम आपको करने के लिए कह रहें हैं। अब सब लोग हमारे साथ चलिए।

जमुना: देखो भैया, हम पहले ही बहुत सताए हुए हैं इसलिए, हमारे साथ कोई छल कपट मत करना, वरना हम मर जायेंगें।

टोनीः देखो, बहनजी, आप बिलकुल भी चिंता मत करना। हम आपको कभी भी धोखा नहीं देंगें और ना ही आपको किसी तयखाने में रखेंगें, बल्कि आप हमारे घर में हमारे मम्मी, पापा, भाई बहनों के साथ रखेंगें। अब लोग चलिए, हमें देर हो रही है।

उधर धनराज और उसके आदमी टोनी के घर पहुँचे

धनराजः कोई है, घर में दरवाज़ा खोलिए..

सुधीरः जी आप कौन, किससे मिलना है आपको?

धनराजः अंकल आपको विजय की शादी की बहुत बहुत मबुराक, मैं विजय का दोस्त हूँ। आप ज़रा विजय को बुला दीजिए।

विजयः हाँ, बोलिए, क्या बात है? मैं विजय हूँ, मगर मैंने आपको पहचाना नहीं?

धनराजः मगर मैं आपको जानता हूँ। आपकी कल ही शादी हुई है और आपकी पत्नी का नाम सरोज है। आपके भाई का नाम टोनी और सरोज जी के भाई का नाम टाइगर है।

सरोजः वो तो ठीक है, मगर आप कौन हैं? आप क्या कहना चाहते हैं?

धनराजः देखिए, जो मैं कहना चाहता हूँ वो मैं आपके पापा के सामने नहीं कह सकता। आप लोग ज़रा इधर आइये।

विजयः बोलिए, क्या बात है?

धनराजः देखिए, मैं एक राहगिर हूँ। मैंनें देखा कि आप दोनों के भाईयों की बाइक का एक्सीडेंट हो गया और मैं उन्हें होस्पिटल ले गया। घबराने की कोई बात नहीं है। उन्होनें ही मुझे आप दोनों को लेना भेजा है। अरे बहनजी, फोन करके समय बरबाद मत कीजिए। मेरे पास गाड़ी है, आप लोग चलिए मेरे साथ।

सुधीरः क्या बात है, बेटा, क्या हुआ?

विजयः अरे कुछ नहीं पापा, टोनी और टाइगर भैया की बाइक का एक्सीडेंट हो गया है, मामूली सी चोट आई है। मैं और सरोज उन्हें लेने जा रहे हैं।

थोड़ी देर बाद.....

विजयः अरे ये हमें कहाँ ले जा रहे हो? ये तो कोई भूत बंगला है। गाड़ी रोको। सरोज ज़ोर ज़ोर से चिल्लाने लगी... बचाओ बचाओ ..

धनराजः यहाँ, तुम्हारी आवाज़ सुनने वाला कोई नहीं है। ये सब हमारे आदमी हैं। ले जाओ, इन दोनों को और कड़ी निगरानी में रखना उन्हें।

कालियाः अरे यार नई चीड़िया लगती है। कहो तो पर काट दूँ।

धनराजः अबे ओ, इसे हाथ मत लगाना, ये खास नेता जी के लिए है।

विजयः अरे ये तो नेता जी के आदमी है। अरे वही त्यागी, जिसके बारे में भैया कितनी बार बता चुके हैं। मगर, इन्हें हमसे क्या दुश्मनी है?

तभी नेता जी वहाँ आ गए।

नेताः बेटा, दुश्मनी तुमसे नहीं, बल्कि तुम्हारे भाईयों के साथ है।

सरोजः देखिए अंकल, हमें जाने दीजिए।

नेताः अरे इतनी भी क्या जल्दी है? अभी थोड़ी देर में वो दोनों नंगें पाँव भागते हुए आयेंगें। अब आयेगा, खेल का मज़ा।

उधर नेता जी की बीवी और बच्चे भी टोनी के घर पहुँच गए।

सुधीरः अरे बेटा, तुम दोनों तो एकदम ठीक ठाक हो, मगर वो आदमी तो कह रहा था, कि .....

और सुधीर ने पूरी कहानी टोनी और टाइगर को बताई, ये बातें नेता जी की पत्नी ने भी सुनी।

सुधीरः बेटा, अब बताओ हम क्या करें? ये लोग कौन हैं, तुम्हारे साथ?

टोनीः अरे पापा, ये हमारे दोस्त के बच्चे हैं और ये हमारी...

जमुनाः नहीं अंकल जी, हम नेता जी की पत्नी हैं और ये हमारे बच्चे हैं। ये घीनौनी हरकत, किसी और की नहीं, बल्कि हमारे कमीने पती की है।

जानकीः मगर नेता जी तो बहुत भले आदमी हैं और फिर हमारी उनके साथ क्या दुश्मनी हो सकती है।

टाइगरः अरे माँ, तू बहुत भोली है। ये नेता जी बहुत ही गिरे हुए इंसान हैं। क्यों बच्चो, क्यों जमुना बहन?

जमुनाः तुम बिलकुल ठीक कह रहे हो।

जानकीः क्या तुम इन्हें अगवा करके लाए हो?

जमुनाः नहीं, हम अपनी मर्जी से इनके साथ आए हैं। ये बेचारे तो हमार घर बसाना चाहते हैं। इतनी देर में फोन की घंटी बजी....

नेताः पहचानो तो कौन हूँ, मैं? अरे अरे नहीं पहचाना, चलो कोई बात नहीं, मैं ही बता देता हूँ। मैं वही अजगर हूँ, जिसे तुम घायल करके छोड़ आए थे। तुमने क्या सोचा कि जख्मी अजगर मर जायेगा। अरे तुम्हें तो मेरी बातों का कोई असर ही नहीं हो रहा, लगता है, कि तुम अभी तक घर नहीं पहुँचे। अरे जल्दी से घर जाओ और देखो कि तुम्हारे घर में क्या हुआ है?

टाइगरः अबे वो नेता, जो बकना है बक जल्दी, जो उगलना है, उगल। मगर, एक बात याद रखना, जो भी उगलेगा, वो तुझे ही खाना पड़ेगा।

नेताः देखो बच्चे, ज़्यादा ताव मत खाओ। क्योंकि तुम्हें पता नहीं है, ये बाज़ी पलट चुकी है और तुम्हारे राजा और रानी दोनों हमारे कब्ज़े में हैं। लो पहले रानी से बात करो।

सरोजः अरे भैया, हमारा यहाँ दम घुट रहा है, हमें यहाँ से ले जाओ।

नेताः लो, अब अपने राजा से भी बात कर लो।

विजयः हैलो, भैया, ये लोग हमें यहाँ ले आए हैं।

टोनीः मगर तुम लोग हो कहाँ? अपनी कोड भाषा में मुझे बताओ।

विजयः भटकेश मटकेश अटकेश सुनटेश खटकेश.....

नेताः अबे ओ पिल्ले, ये क्या बकवास कर रहा है, जल्दी बता नहीं तो तेरे टूकड़े कर दूँगा।

टोनीः अबे साले बच्चे से क्या बात कर रहा है, मैं तुझे बताता हूँ। मैं क्या पूछ रहा था और वो क्या बता रहा था। मैंने उससे पूछा कि ये तुम्हें कहाँ लेकर आए हैं? उसने मुझे बताया कि वो हमें कटरे रोड़ के पुराने बंगले में लेकर आए हैं।

नेताः भई वाह, बच्चे ने पता तो बिलकुल सही बताया है। अब तुम दोनों मेरी बात ध्यान से सुनों, अगर तुम दोनों ने कोई होशियारी बताई तो उसका अंजाम अच्छा नहीं होगा। जानते हो हम तुम्हारे राजा और

रानी के साथ क्या करेंगें, तो सुन, टकले, इन दोनों को रस्सी से बाँध दो और इनके ऊपर एक एक टाईम बम्ब लगा दो और उसका रिमोट हमें दे दो।

टाइगर: देखो नेता जी, ये तुम ठीक नहीं कर रहे हो, आखिर तुम चाहते क्या हो?

त्यागी: हाँ, अब आया ना साला ऊँट पहाड़ के नीचे, अब आयेगा मज़ा। जब तुम दोनों नंगें पाँव भागते हुए हमारे पास आओगे। देखा बेटा, जो तुम दोनों हमसे एक करोड़ रुपए ठगी करके ले गए थे ना, वो और हमारी हरकतों की जो सी डी और चीप, जो तुमने हमें बताई थी वो सब एक घंटे के अंदर अगर मुझ तक नहीं पहुँचा, तो उसका अंजाम तुम अच्छी तरह से जानते हो। ये सब लेकर तुम मेरे बंगले में मुझे मिलो।

टाइगर: देखो नेता जी, ये तो बईमानी है। या तो आप एक करोड़ रुपए ले लो, या फिर सीडी। दोनों में से एक मिलेगी।

त्यागी: क्या कहा तुमने, एक चीज़,,,हू हू हू... चलो ठीक है। हमें तुम्हारी शर्त मंजूर है। हम तुमसे एक करोड़ नहीं लेंगें, उसके लि़ए हम तुम्हारी बहन के साथ दो रात गुज़ार लेंगें, तो हमारा हिसाब बराबर हो जायेगा। तुम बाकि का सामान लेकर, ज़रा जल्दी आ जाओ।

टाइगर: मुझे तेरी इस हरकत का अंदाज़ा था इसलिए मैंने उसका इंतज़ाम पहले से ही करके रखा था। अपने आदमियों से कहो कि बाहर जाकर देखो कि कौन उनका इंतज़ार कर रहा है।

नेता: अरे जाओ रे ज़रा देखो, तो कौन है बाहर, कहीं पुलिस तो नहीं?

करीम: मालिक, ये खड़ा था, बाहर।

नेता: कौन है, बे तू और यहाँ, क्यों आया है?

पलवा: अरे साहब, मैं तो रिक्शा चलता हूँ। मुझे दो लम्बे लम्बे हीरो जैसे लड़कों ने ये बैग दिया और कहा कि इस पते पर इसे पहुँचा दो। इसके लिए उन्होनें हमें 500 रुपए भी दिए।

नेता: ठीक है, अब तुम जाओ। अरे खोलो तो इस बैग को, क्या भेजा हैसालों ने देखें ज़रा। अरे ये तो वहीं साड़ी है जो हमने अपनी पत्नी जमुना को लेकर दी थी और ये हमारे बच्चों के कपड़े हैं! मगर इन पर तो खून लगा हुआ है। हे भगवान, अब ये क्या नई मुसिबत है? अबे वो टाइगर, ये

सब क्या नाटक है? क्या हुआ मेरे बीवी बच्चों को? अगर उन्हें कुछ भी हुआ ना, तो साले, सब को काट कर फैंक दूँगा। मैं सारी दुनिया में आग लगा दूँगा।

टाइगर: ज़रुर लगा देना, बस अभी उनके कपड़े देखकर तुम्हारी ये हालत है। तो जब कल तुम अखबारों में ये पढ़ोगे कि हमारे प्यारे नेता जी की बीवी और बच्चों को एक ट्रक ने कुचल दिया, फिर तुम्हारा क्या हाल होगा? क्यों नेता जी दर्द हुआ, अब मैं कहूँ, अब आयेगा, खेल का मज़ा। लो तुम भी उनकी आवाज़ सुन लो...

कुनू बिटिया, सोनू, बेटा आपको अपने पापा को कहना है कि हमें बचा लो और कहना कि इन्होनें हमारी मम्मी के कपड़े उतार कर एक ट्रक के नीचे लिटा रखा है। ट्रक चालू कर रखा है, हमें बहुत डर लग रहा है।

जैसा टाइगर ने बच्चों को समझाया था, ठीक वैसा ही उन्होनें नेता जी को कह दिया।

टाइगर: क्यों नेता जी, बोलती बंद हो गई। कहो तो ट्रक की आवाज़ के साथ साथ आपकी बीवी की चीखें भी आपको सुना दूँ।

नेता: देखो टाइगर, ऐसा मत करना। मुझे तुम्हारी हर शर्त मंज़ूर हैं। मैं अभी तुम्हारे भाई और बहन को तुम्हारे घर भेज रहा हूँ।

थोड़ी देर बाद विजय और सरोज अपने घर सही सलामत पहुँच गए। घर पहुँच कर दोनों टोनी और टाइगर के गले लग कर बहुत रोये और बोले...

विजय और सरोज: भैया अच्छा हुआ, जो आपने हमें बचा लिया। वरना नेता जी ने तो आज हमें खत्म करनी की ठान ही ली थी।

टाइगर और टोनी: चलो अच्छा हुआ, तुम दोनों भगवान की कृपा से ठीक ठाक घर आ गए।

विजय: ये कौन हैं, भैया।

टोनी: ये नेता जी की बीवी और बच्चे हैं, इन्ही की बदोलत आज तुम ठीक हो।

टाइगर: हाँ नेता जी, हमारे बच्चे ठीक ठाक घर पहुँच गए हैं और आपके बीवी बच्चे भी बिलकुल सुरझित हैं। हम कोई जल्लाद नहीं हैं।

नेता: धन्यवाद, अब बस जल्दी से हमें हमारे बीवी बच्चे वापिस कर दो। तुम नहीं जानते की इस वक्त हमारे दिल पर क्या बीत रही है।

टोनी: अरे अरे नेता जी आप तो भावूक हो गए। अरे इतनी जल्दी भी क्या है। हम आपके बीवी बच्चों को खुद छोड़ने आ रहे हैं। लेकिन उसके लिए हमारी एक शर्त है।

नेता: मैं जानता था, तुम बिना पैसे लिए कोई काम नहीं करोगे। बोलो कितने पैसे चाहिए, मैं अभी वो पैसे और गाड़ी भेजता हूँ।

टाइगर: अरे नहीं नेता जी, हमने आपको पहले भी कहा था कि हम असूलों से काम करते हैं। हमें ना तो आपकी गाड़ी चाहिए और ना ही आपके पैसे। हमारी शर्त ये है कि आप अपने बीवी बच्चों को हमेशा अपने साथ रखेंगें और फिर कभी किसी पराई लड़की पर गंदीं नज़र नहीं डालेंगे। ये सब हमें आपसे एक स्टैम्प पैपर पर लिखा हुआ चाहिए और हाँ, उसमें ये भी लिखा होना चाहिए कि यदि आपने फिर से कभी ऐसी हरकत की तो आप सज़ा के हकदार होंगे। आप उस कागज़ को बना कर उस पर अपने साइन कीजिए और आपने अँगूठों के निशान भी लगाइए। बस आप इसे तैयार करवाइए और जैसे ही हो जायें, तो हमें खबर कर दीजिए। हम आपके बीवी बच्चों को लेकर आ जायेंगें।

थोड़ी देर बाद सब नेता जी के पास पहुँचे...

जमुना: लो भईया, ये कागज़, इन्होने इस पर साइन भी कर दिए है। आप इसे रखिए, ये आपके काम आयेंगें।

टाइगर: अरे नहीं बहन, हमें इसकी कोई ज़रुरत नहीं है। हमने तो ये सब आपकी और आपके बच्चों के भविष्य की सुरक्षा के लिए किया था। अब आप लोग जाइए....

त्यागी: अरे आ जाओ मेरे बच्चों, जमुना हमें माफ कर दो, हमारी वज़ह से तुम लोगों को बहुत कष्ट उठाना पड़ा।

जमुना: अरे बिलकुल नहीं, ये दोनों तो देवता हैं। इन्होनें ने हमें अपने घर में बहुत आराम से अपनी घर वालों के साथ रखा था।

नेता: तो वो तुम्हारे खून से लथपथ कपड़े और तुम्हें ट्रक के नीचे वाली सारी बात झूठ थी?

जमुना: जी, वो बिलकुल झूठ था। वो सब उन्होनें आपका सही रास्ते पर लाने के लिए किया था।

उसके बाद नेता जी मन बदल गया और वो सुधर गए और जन सेवा में लग गए।

टोनी: भाई टाइगर, चलो एक काम तो अच्छा हो गया कि नेता जी सही रास्ते पर आ गए, अब आगे क्या करना है? याद है, जो समय हमने ज्योति और किरण के घर वालों से लिया था, उसे पूरा होनें में अब सिर्फ एक महिना रह गया है।

टाइगर: बात तो सही है दोस्त, मैं सोच रहा था कि हम एक कोठी खरीद लें। मेरा मन तो बांके लाल की कोठी खरीदने का है। उसकी निलामी अगले महिने की 20 तारिख को है।

टोनी: अबे तू पागल हो गया है! तुझे पता है ना कि उस कोठी की निलामी 25 लाख रुपए से शुरु होगी और उसे खरीदने के लिए शहर के सभी नामी गिनामी लोग आयेंगें और उसकी कीमत कम से कम डेढ़ करोड़ के नीचे नहीं जायेगी। बेटा, हमारे पास इतने पैसे नहीं हैं। कैसे होगा ये सब?

टाइगर: तू उस बिल्डर को जानता है, जो कन्हया नगर में फैल्ट बना रहा है।

टोनी: हाँ, अरे उसे कौन नहीं जानता, साला एक नम्बर का गुन्डा है। अरे गुन्डा क्या, साला डौन है।

टाइगर: बस तो फिर अब उसी को लूटेंगें हम लोग। साले ने उतपात मचाया हुआ है। एक एक फलौर की कीमत 70 लाख रुपए रखी है।

टोनी: मगर उसे कैसे?

टाइगर: तू देखता जा, इस दिमाग में ऐसी स्कीम है। तू एक काम कर, वो अपना जगत सीमेंट हैं ना! तू किसी को कबाड़ी के पास भेज और उसकी ज़्यादा से ज़्यादा खाली बोरिया माँगा ले। कमसे कम 300 सौ बोरियाँ चाहिए। अब तू अपने आदमियों को दिन रात लगवा कर उसमें एक हिस्सा सीमेंट और बाकि बालू रेत मिलवा कर पूरी 300 सौ बोरियों को सील करवा दे, और उसे अपने ट्रक में लोड करवा दे। ये बता की छुट्टी कब की है?

टोनी: 3 तारिख की है, मोहरम की। उस दिन हम कन्हया नगर से 4 किलोमीटर दूर एक लंगर का पंडाल लगायेंगे और सभी को रोक रोक कर लंगर करवायेंगे।

टोनी: उससे क्या होगा?

टाइगर: बाकि कि बात मैं तुझे उसी दिन बता दूँगा।

3 तारिख को....

टोनी: अब बोल क्या करना है?

टाइगर: देख, तू एक ट्रक जगत सीमेंट वाला और एक ट्रक अच्छे सीमेंट वाला लेकर वहाँ से 200 मीटर की दूरी पर लगवा दे और अपनी 10 लेबर को लेकर वहाँ पहुँच जा। मैं लंगर की जगह पर पहुँच जाता हूँ, तू मुझे वहीं मिल। मैं लोगों को वहाँ लंगर के लिए रोकता हूँ।

थोड़ी देर बाद ....

टोनी: अब बोल, तेरे कहे अनुसार सारा काम हो गया है, अब क्या करना है?

टाइगर: वो देख जगत सीमेंट वालों के ट्रक भी आ गए....अब तू उन के मज़दूरों को बुला कर खाना खिला और जब तक मैं इशारा ना करूँ, उन्हें उनके ट्रक तक आने मत देना...समझ गया?

टोनी: ठीक है।

टाइगर: जग्गू अपनी लेबर से कह कि हमारा एक ट्रक जगत सीमेंट वालों के ट्रक के साथ बैक टू बैक लगवा कर, उनकी गाड़ी का सारा माल अपनी गाड़ी मे भर लो और उसके बाद अपने भरे हुए ट्रक का सारा माल, जगत सीमेंट वालों के ट्रक में भर दो। मगर ये सारा काम आधे घंटे में हो जाना चाहिए। देख ज़रा होशियारी से।

पौनें घंटे के बाद ....

जग्गू: साहब जी, जैसा आपने कहा था, सारा काम हो गया है।

टाइगर: वैरी गुड, ये पकड़ 1000रुपए। तुम लोग आपस में बाँट लेना। जाओ अब तुम लोग भी खाना खा लो।

टोनी: यार मेरी तो कुछ समझ में नहीं आ रहा है कि आखिर इतने से सीमेंट की चोरी से हमारा क्या होने वाला है? क्या, चल क्या रहा है, तेरे दिमाग में?

टाइगरः मेरे भाई, तू देखता जा, आगे आगे होता है क्या? तू तेरा कैमरा रड्डी रख और हाँ, दो बैटरी बैकअप के लिए रख लेना।

टोनीः वो तो हमेशा, मेरे पास तैयार रहती हैं, तू बता कि अब आगे क्या करना है?

टाइगरः देख, जगत सीमेंट वालों के ट्रक अब निकल रहे हैं। तू मोटर साईकिल निकाल, हमें उनका पीछा करना है। चल चल जल्दी कर...

टोनीः अरे मेरे भाई, अपनी पगड़ी सीधी कर ले, थोड़ी टेड़ी हो रही है। टोनी और टाइगर ने उस ट्रक का पीछा किया और जिस जगह वो ट्रक गया था, वो उसके पीछे पहुँच गए। रास्ते में उनको वाचमैन ने रोका, तो उन्होनें, उसे उस गाड़ी की कम्पलैन्ट की एक स्लीप दिखाई और अपना प्रेस का कार्ड भी दिखाया। उस ट्रक में लदी बोरियों को जब टोनी ने खोला, तो उसमें से सिर्फ रेत निकली, उन्होनें, तुरन्त पुलिस को फोन किया और थोड़ी देर में पुलिस वहाँ आ गई।

पुलिस इंस्पेक्टरः हाँ जी, किसने हमें फोन किया था? आप लोग प्रेस से हैं?

टाइगरः जी सर, हम दोनों प्रेस से हैं। हमें खबर मिली थी कि जगत सीमेंट वाले इस मलटी स्टोरी बिल्डिग में मिलावटी सीमेंट इस्तेमाल कर रहे हैं, इसीलिए हमने इनके ट्रक का पीछा किया और ये देखिए, सारा सीमेंट नकली है। आप इसे अपने कब्ज़ें में ले लीजिए। वो देखिए, लगता है, बिल्डर भी आ गया।

जगत राम बिल्डरः अरे साहब, आप लोग यहाँ धूप में क्यों खड़े हैं? आइये, मेरे ओफिस में बैठ कर बात करते हैं। तब तक हमारे इंजीनियर भी आ जायेंगें। अरे गोतम, ज़रा साइट के ओफिस में आओ, अरे हमारे यहाँ से एक ट्रक जगत सीमेंट का पकड़ा गया है। जो की मिलावटी है। तुम जल्दी आओ।

गोतमः अरे सर, इसमें घबराने की कोई बात नहीं है। अगर सीमेंट गलत है तो उसके लिए जगत सीमेंट वाले ज़िम्मेंदार हैं। हमें कोई कुछ नहीं कर सकता।

जगत रामः अरे यार बात वो नहीं है। यहाँ रेड़ पुलिस की नहीं, बल्कि मीड़िया की है। पुलिस इंस्पेक्टर तो अपने जान पहचान का है। उसे तो

मैं सम्भाल लूँगा। मगर मीडिया वालों ने हम पर दोष लगया है कि हम जानबूझ कर ऐसा सीमेंट लगा रहे हैं।

गोतम: लेकिन सर, हमने हर एक बोरी का सीमेंट चैक करवा कर ही काम करवाया है।

जगत राम: मगर ये हमारी बात कौन मानेग? मैंने जगत सीमेंट वालों को भी बुलाया है। मगर वो लोग इस बात से इंकार कर रहे हैं। चक्कर ये है, जब उन्होनें इस ट्रक को चैक किया और इसकी वीडियो बनाई, उस वक्त ये माल हमारे गोदाम में मिला, इसलिए हम ही फंसेंगें।

इंस्पेक्टर: हवलदार, इस ट्रक को सील करके अपने कब्ज़ें में ले लो।

जगत राम: अरे इंस्पेक्टर साहब, कोई रास्ता निकालो यार। मैं मुँह मांगी रकम देने को तैयार हूँ।

इंस्पेक्टर: अरे जगत जी, ये केस अब मेरे हाथ में नहीं है। वैसे भी ये केस मिलावट का है, और उसकी जानकारी मीडिया को है। अगर अभी मैंनें आपके ट्रक को छोड़ दिया, तो सरजी, मेरी नौकरी खतरे में पड़ जायेगी। हाँ, अगर आप इन दोनों को किसी तरह से पटा लो, तो बात बन सकती है। फिर आप जैसे कहेंगें, हम कर लेंगें।

जगत राम: ठीक है, आप ये एक लाख रुपए लीजिए और इन्हें किसी तरह से मुझसे बात करने के लिए मना दीजिए। आगे मैं देख लूँगा।

इंस्पेक्टर: अरे जनाब, बिल्डर साहब, आप लोगों से कुछ बात करना चाहते हैं। मैंनें ये गाड़ी अपनें कब्ज़ें में ले ली है। आप लोग बात चीत कीजिए और यदि ज़रुरत पड़े तो मुझे मेरे मोबाईल पर फोन कर दीजिए, मैं आ जाऊँगा।

टाइगर: थैंक्स इंस्पेक्टर साहब। अगर कुछ रहेगा, तो हम आपको बुला लेंगें। हाँ तो जगत राम जी बोलिए, क्या बात करना चाहते हैं आप हमसे? और ये सेठ जी कौन हैं?

सेठ जी: देखिए सर, मैं जगत सीमेंट का मालिक हूँ। हमारे यहाँ कभी भी ऐसा गलत काम नहीं होता। मगर मेरी समझ में ये नहीं आ रहा है कि ये सीमेंट आया कहाँ से? खैर अब आप हमें ये बताइए कि इस मामले को खत्म कैसे किया जा सकता है?

टाइगर: मैं समझ सकता हूँ सेठ जी। इसमें आपकी कोई गलती नहीं है। हो सकता है, आपने ठीक माल भेजा हो और इन्होनें, मेरा मतलब है, जगत राम जी ने कुछ......

खैर देखिए, आप लोगों ने तो अपना माल बेच दिया और ये जनाब ने इस माल से इमारतें खड़ी कर दी। अभी तो आप लोग अपना अपना काम करके निकल जायेंगें। मगर जब ये बिल्डिगें गिरेंगी और उससे लाखों लोगों की जानें जायेंगी। तो साचिए की क्या होगा? जाँच पड़ताल होगी, तो ये साफ साफ पता चल जायेगा कि इस बिल्डिग को बनाने में नकली सीमेंट का इस्तेमाल हुआ है। वो सारा सीमेंट आपकी कम्पनी ने बनाया है। उस वक्त आप सब लोग, जेल की हवा खायेंगें। समझे आप लोग।

टोनी: अगर हमने ये खबर टेलीकास्ट कर दी, तो आपके बने बनाए मकान यूं ही खड़े रह जायेंगें, मगर उनका कोई खरीदार नहीं होगा। जनाब आपकी कम्पनी का माल तो कोई लेगा भी नहीं, क्या समझे?

जगत राम: देखिए सर, हमें बरबाद करके आपको क्या हासिल हो जायेगा? आप लोग कीमत बोलिए और इस मामले को यहीं रफा दफा कीजिए, क्यों सेठ जी?

सेठ जी: बिलकुल, जो चाहिए बोलिए, लाख, दो लाख, 5 लाख, हम देनें को तैयार हैं।

टाइगर: देखिए जनाब हमें मूंगफलियाँ खाने की आदत नहीं है। अच्छा जगत राम जी, हम चलते हैं। अपने लोगों से कहिए कि ये गाड़ी हमारे साथ थाने ले चलें। या फिर इस बार हम सीधा कमीश्नर साहब को फोन लगाऐं?

जगत राम: देखिए सर, गलती सबसे हो जाती है। आप हमारी बात का यकिन करें कि इस कन्हया नगर का एक एक मकान बिक चुका है। अगर हमनें लोगों का ये मकान नहीं दिए, तो हमारा एक अरब का नुकसान हो जायेगा और हमें फांसी लगानी पढ़ेगी।

टोनी: अरे सर देखिए। आप अगर हमारी बात मानेंगें, तो आपको 98 करोड़ का फायदा हो जायेगा।

जगत राम: वो कैसे?

टाइगरः वो ऐसे जगत राम जी कि अगर आप हमें 2 करोड़ दे दें। हम इस फिल्म को हमेशा हमेशा के लिए दफन कर देंगें और हम अपनी सभी मीडिया साथियों का भी मुँह हमेशा के लिए बंद कर देंगें। उसके बाद आप आराम से अपने कन्हया नगर को बेच पाओंगे। हमने तो जो कहना था कह दिया, आगे आप सोच लीजिए।

सेठ जीः अरे भाया। सोचे के है, मने भी तो मारी फैक्टरी बचानी से। आधे पीसे तू दे, आधे मैं देता सूं। बस इस मामले से अपना पीछा छूड़ा। अरे मान जा, 2 करोड़ में जान छूट रही है, दे दे पीसा।

टाइगरः देखिए सैठ जी आप हमें गलत मत समझिए, हम भी मजबूर हैं। हमें भी तो आगे खर्चा करना पड़ता है। सब बातें छूपने का।

जगत रामः ठीक है। बाबू राम, जितना कैश है ले आओ। ये लो भाई, तुम्हारे पैसे। अब तो ठीक है।

टोनीः बस एक काम और! आप हमारे सामने इन सभी बोरियों को खुलवा कर, इसे रेत में मिक्स करवा दीजिए, ताकि इसका प्रयोग, केवल रेत के रूप में ही हो सके।

जगत राम ने वैसा ही किया। वहाँ से निकलने के बाद ....

टोनीः भाई मान गए तेरे दिमाग को, एक ही वार में मामला साफ...

टाइगरः देख, भाई, हमें फौरन अब अपना हुलिया बदलना है, ताकि, ये लोग भी हमें पहचान नहीं पायें। देख कल 20 तारिख है। कल बांके की कोठी की निलामी है। हमें हर हालात में उस कोठी को हासिल करना है। कल वहाँ, ज़्योति और किरण के पापा ज़रुर आयेंगें।

तभी फोन की घंटी बजी ....

टोनीः हैलो, टोनी दिस साईड, कौन बोल रहा है?

ज़्योतिः लगता है जनाब हमें भूल ही गए हैं।

टाइगरः किसका फोन है?

टोनीः ज़्योति का, ले बात कर ....

टाइगरः हैलो ज़्योति, कैसी हो?

ज्योतिः बस हम तो आप दोनों को याद करते रहते हैं। लो किरण से भी बात कर लो।

किरणः लगता है, जैसे जैसे समय नज़दीक आ रहा है, आप हमें भूलते जा रहे हैं। हमें बहुत चिंता हो रही है। सिर्फ 15 दिन बाकि हैं, आपकी शर्त पूरी करने के लिए।

टाइगरः ऐसा कुछ भी नहीं है। हम दोनों ने अपना बिजनस एक दम जमा लिया है। आप दोनों आज गणपति जी के मंदिर में जाकर हमारे लिए दुआ माँगों कि जो काम हम लोग कल करने वाले हैं। अगर वो हो गया, तो समझ लो कि शादी पक्की हो गई।

अगले दिन...

टोनीः अरे मम्मी जल्दी से नाश्ता दे दो। मुझे आज जल्दी जाना है।

सरोजः अरे भैया मम्मी को क्यों तंग करते हो, हम हैं ना। हम बनाकर देंगें आपको नाश्ता। बोलिए क्या खाना पसंद करेंगें?

टोनीः तुम जो भी खिला दो, मगर जल्दी। अरे वाह, क्या बात है, गोभी के परांठे? ये तो मेरी पसंद के हैं।

मम्मीः अरे सरोज बेटा, पापा को भी नाश्ता दे दे।

सरोजः मम्मी, पापा पहले पूजा करेंगे। उसके बाद नाश्ता करेंगें।

टोनीः भई वाह मम्मी, क्या बहू है आपकी? सदा खुश रहो। अच्छा, अब मैं चलता हूँ।

उधर टाइगर के घर पर....

शमशेरः अरे बेटा टाइगर, क्या बात है आज बहुत जल्दी में हैं? मेरे पास 5 मिनट नहीं बैठेगा क्या?

टाइगरः अरे क्यों नहीं पापा, आप बोलिए तो?

शमशेरः बेटा अब तो तेरी बहन भी अपने घर चली गई है। अब तेरी मम्मी से अकेले सारा काम नहीं होता। अब तो बेटा, हमें एक बहू चाहिए, जो हमारी सेवा कर सके।

टाइगरः पापा, आप बस मुझे आर्शीवाद दीजिए। आज जिस काम से मैं जा रहा हूँ, अगर वो हो गया, तो समझ लीजिए कि आपकी ये मुराद भी पूरी हो जायेगी। अच्छा पापा, मैं अब निकलता हूँ।

टोनी और टाइगर एक दूसरे से मिलते हैं...

टोनीः चल मेरे भाई, जल्दी कर...

टाइगरः अरे यार, ज़रा रास्ते में मंदिर हो कर चलेंगें। हे बजरंगबली, आज हमारी लाज रख लेना। ले भाई पहुँच गए हम...और वो देख हमारे ससुर भी आ गए, मगर हम इन दोनों से अभी नहीं मिलेंगें। हम वहाँ, एकदम पीछे बैठेंगें। थोड़ी देर बाद सरकारी निलामी चालू हुई। शहर के बड़े बड़े अमीरों ने बड़ चड़ कर बोली लगाई। बोली एक करोड़ 25 लाख तक गई।

जगदीश सेठः अरे भाई, सूरजभान क्या कहते हो? आगे बोली दें, या जानें दें।

सूरजभानः मेरे हिसाब से तो ये बोली पहले ही 20 लाख ऊपर जा चुकी है। मैं तो कहता हूँ, जाने दो।

सरकारी वकीलः हाँ तो जनाब! और कोई है, जो बोली लगना चाहता हो? वरना ये कोठी जस्वंत सेठ जी की हो जायेगी। सब चुप थे,

तभी 1 करोड़ 25 लाख....

सरकारी वकीलः ये हुई ना बात। 1 करोड़ 25 लाख ....एक .... दो ....

टाइगरः 1 करोड़ तीस लाख सभी ने पीछे मुड़ के देखा!

सूरजभानः अरे भाई, ये तो कमाल हो गया, ये दोनों तो वही लड़के हैं, टोनी और टाइगर...

सरकारी वकीलः 1 करोड़ तीस लाख एक ..... दो और तीन .... मुबारक हो, ये कोठी आपकी हुई।

जगदीश और सूरजभानः अरे वाह बेटा, आपने तो कमाल कर दिया। बहुत बहुत मुबारक हो।

सूरजभानः अब वो दिन आ गया है कि हम अपना वादा पूरा करें। बेटा, आप दोनों अपने अपने माता पिता को लेकर हमारे घर पर आ जाओ।

टाइगरः अंकल, ये सब आपकी ही प्रेरणा का प्रताप है। जो हम आज इस लायक हुए हैं। अच्छा हम चलते हैं। थोड़ी कागज़ी कारवाही करके, हम आज ही इसका कब्ज़ा ले लेते हैं।

सूरजभान और जगदीश दोनों घर पहुँचे....

सूरजभानः अजी सुनती हो, भई मुबारक हो।

ज़्योतिः अरे पापा क्या बात है, आप बहुत खुश दिखाई दे रहे हैं? क्या बांके हवेली आपके नाम हो गई क्या?

पलवलीः बेटा, लगता तो कुछ ऐसे ही है। तभी तो जगदीश भाई साहब का चेहरा भी खिला हुआ है।

जगदीशः अरे हमारी बेटी, किरण कहाँ है?

पुष्पाः क्या बात है, जी आज आपके चेहरे की रोनक बड़ी हुई है। आज हमारी बेटियों की याद कैसी आ गई।

किरणः जी पापा, बोलिए, कैसे याद किया हमें?

जगदीशः बेटा, आज आपका प्यार जीत गया।

किरणः क्या बात कर रहे हो, आप सच कह रहे हो क्या?

सूरजभानः हाँ बेटी, हम सच कह रहे हैं। बांके हवेली को टाइगर और टोनी ने खरीद लिया। वो दोनों अपने मम्मी, पापा को लेकर कल हमारे यहाँ आ रहे हैं। ये बात सुनकर ज़्योति और किरण की खुशी का ठिकाना नहीं रहा। दोनों ने फटाफट अपने फोन निकले और टोनी और टाइगर को फोन लगा दिया।

टोनीः पापा, आप लोग जल्दी से तैयार हो जाइए। थोड़ी देर में टाइगर के मम्मी और पापा भी आ रहे हैं। आज हम आपको एक सरपराईज़ देंगें।

सुधीरः अरे शमशेर भाई साहब नमस्ते, ये बच्चे कह रहे थे कि हमें कहीं लेकर जाना हैं। आपको कुछ बताया या नहीं?

शमशेरः नहीं तो?

टाइगरः अरे आप लोगे को हम अब बता देते हैं। आज हम आपको बहू पसंद करवाने के लिए लेकर जा रहे हैं।

सुधीरः अरे ये तो अच्छा हुआ, कि तुम दोनों ने अपने लिए पहले ही लड़कियाँ पसंद कर रखी हैं। चलो फिर देर किस बात की।

शमशेरः मगर बेटा, शादी से पहले, कम से कम इस घर को ठीक करवाना पढ़ेगा?

टोनीः मगर पापा, अगर हम इस घर को बेच ही दें तो?

शमशेरः अरे बेटा, इस खंडहर को कौन खरीदेगा? इसे बेच कर हम लोग दूसरा मकान तो ले नहीं पायेंगें, चलो किराए के घर पर ही चले

जायेंगें।

टाइगरः तो ठीक है, पापा, अंकल। आप दोनों अपने अपने घरों को बेच दीजिए।

सरोजः मगर भैया, किराए के मकान में जाने से तो अच्छा है कि हम इसी घर में रहें। फिर भी आप बेचना चाहते हैं, तो आप शहज़ाद भैया से बात कीजिए। उनके पास कोई ना कोई ग्राहक होता ही है।

टोनीः अरे ये तो और भी अच्छा है। देखो पापा, तो फिर आप कल ही इन मकानों को बेच दीजिए। क्योंकि आपको हमारी शादी कराने के लिए घर भी बदलना पड़ेगा और पैसे भी मिल जायेंगें।

सुधीरः अरे वो सब ठीक है। मगर अभी जिस काम के लिए जा रहे हैं। वो तो कर लें।

दोनों परिवार ज़्योति और किरण के घर में पहुँचे

जगदीश और सूरजभानः आइये भाई साहब, आप लोगों का स्वागत है।

चारों परिवार एक दूसरे से अच्छे से मिले और एक हंसी खुशी का महौल बन गया। उसी दौरान दोनों परिवारों ने एक दूसरे के बच्चों को भी देखा और सभी की राजी खुशी से चारो परिवारों ने जल्द ही शादी का फैसला कर लिया। वहाँ से निकल कर टोनी और टाइगर के घर वाले अपने घर जा रहे थे और रास्ते में आपस में बात कर रहे थे।

सुधीरः बेटा, रिश्ते तो हमें पसंद हैं। मगर बेटा, कहाँ हम और कहाँ वो लोग। बेटा, जितना हमारा पूरा घर है, उतनी तो सिर्फ रसोई है उनकी। बेटा, हमारे घर में ज़्योति और किरण का गुज़ारा कैसे होगा?

टाइगरः पापा, उसकी चिंता आप हम पर छोड़ दीजिए। मैंने कहा ना हम या तो अपना घर बड़ा करवा लेंगे या फिर किसी किराए के मकान में चले जायेंगें।

फिर कुछ समय बाद दोनों की शादी हो गई। बड़ी धूमधाम से दोनों बहुओं को अपने घर ले आए।

सुधीरः बेटा, ये हमारा छोटा सा घर है। आपको अभी इसी में गुज़ारा करना पढ़ेगा।

ज़्योतिः पापा, इंसान का दिल बड़ा होना चाहिए।

टोनी: अरे वाह, क्या मसका लगा रही हो, पापा को?

सुधीर: तू कुछ भी कह, मगर बात तो बहू ने बहुत पते की कही है।

टोनी: अच्छा पापा, ये ज़रा पार्टी का कार्ड देखना, ठीक है ना?

सुधीर: बेटा, कार्ड तो बहुत अच्छा है। मगर जिस जगह का पता तुमने इसमें लिखा है, वो तो बांके की हवेली है। वो जगह तो बहुत मंहगी है। वहाँ पार्टी देना तो अच्छे अच्छे लोगों के बस की बात नहीं होगी।

फिर उस पार्टी के दिन....

टाइगर: पापा, मम्मी, आपको पार्टी का इंतज़ाम कैसा लगा?

शमशेर: हमें बहुत खुशी है कि बेटा तुमने पार्टी ऐसी जगह रखी है। ये तो पूरे शहर की सबसे मंहगी जगहों में से एक है। चलो, हमारी तरफ की पार्टी तो कम से कम लड़की वालों की हैसियत की हिसाब से हो रही है।

उस पार्टी में एक से एक अमीर आदमी आए हुए थे। सबने खूब मज़े किए और फिर देर रात पार्टी समाप्त हो गई। टाइगर और टोनी के घर वाले बाहर गार्डन में बैठे हुए थे कि तभी टोनी और टाइगर आए और बोले...

टाइगर और टोनी: आप सब लोग हमारे साथ मेन गेट तक चलिए। वैरी गुड...

अब आप सब लोग इस रस्सी को ज़ोर से खींचिए... जैसे ही सब ने रस्सी को खींचा तो ऊपर से गुलाब के फूलों की बारिश होने लगी और तभी सब का ध्यान गेट के ऊपर लगे हुए एक विशाल बोर्ड की तरफ गया। जिस पर लिखा था, सुधीर और शमशेर निवास।

सुधीर और शमशेर: ये क्या मज़ाक है?

टाइगर और टोनी: पापा, ये मज़ाक नहीं है, बल्कि ये दोनों परिवारों को हमारी तरफ से तौहफा है। पापा, अब ये कोठी हमारी है।

शमशेर: मगर तुम्हारे पास इतने पैसे आए कहाँ से? कौन सा गलत काम किया है, तुमने?

टाइगर: नही पापा हमने ऐसा कोई भी गलत काम नहीं किया है। रास्तें में जो दुकान हमने आपको दिखाई थी, वो हमारी है। ये सब उसी के प्रताप से हुआ है। आज से आप और अंकल उस दुकान पर बैठ कर

काम देखिए और हम दोनों बाहर कुछ और काम सम्भालेंगें। बस सब का गुज़ारा चल जायेगा। दोनों परिवार वाले बहुत खुश हुए और अपने नये घर के देखने लगे।

टाइगर: किरण आपको आपका रुम कैसा लगा?

किरण: ये तो मेरी सोच के भी परेह है। मेरे लिए तो तुम्हारा प्यार ही बहुत है।

अगले दिन सुबह ...

टोनी: भाई टाइगर अब तो हमारे पास सब कुछ है। गाड़ी, बंगला, हमारा प्यार, हमारा परिवार। मैं तो कहता हूँ कि अब हमें ये ठगी का धंधा बंद कर देना चाहिए। इसी में हमारी और सबकी भलाई है। क्या कहता है?

टाइगर: बात तो तेरी सही है। मगर अभी नहीं मेरे दोस्त, सही समय आने पर सब कुछ अपने आप ही छूट जायेगा।

ज्योति और किरण: अरे अरे घबराइए मत, हमने कुछ नहीं सुना। हमको तो सिर्फ इतना पता चला कि जो हरकतें आप बचपन में करते थे, वो अभी भी जारी हैं। देखिए, अब आप एक इज़्ज़तदार शहरी हैं। आज हम चार हैं। कल 8 होंगें, इसलिए आप लोग ये ठगी का धंधा अब बंद कर दीजिए।

टाइगर: इसका मतलब आप लोगों को सब पता चल गया। देखिए मैडम हमने बईमानी का धंधा ज़रुर किया है, मगर पूरी ईमानदारी के साथ।

किरण: देखिए जी, चोरी तो चोरी होती है। चाहे वो एक रुपए की हो, या फिर एक लाख की। चाहे वो ईमानदारी से की हो या बईमानी से। दोनों का अंजाम बुरा ही होता है।

टोनी: मैं आप की बात से बिलकुल सहमत हूँ।

ज़्योति: मैं भी किरण की बातों का समर्थन करती हूँ।

टाइगर: ठीक है भाई, जब आप तीनों यही चाहते हैं, तो ये ही सही। मगर उसके लिए आप को मेरी एक बात माननी होगी।

टोनी: अब वो क्या है?

टाइगरः इन सब कर्मों का हमें प्रयाषित करना होगा और उसके लिए हमें एक धर्म का कार्य करना है और उसमें आप सब को मेरा साथ देना होगा।

सभी लोगः ठीक है, हम तुम्हारे साथ हैं। बोलो, हमें क्या करना है?

टाइगरः आप सबने गजिंदर जी महाराज का नाम तो सुना ही होगा, आजकल बहुत चर्चे हैं उनके।

टोनीः अरे यार, ये हाथी के दांत दिखाने के और हैं और खाने के और हैं। एक नम्बर का ठग आदमी है। अभी पीछे ही तो खुलासा हुआ था कि उसके पास 11सौ करोड़ की दौलत है। वो भी उसी के आदमियों के ज़रिए, और तू उनकी शरण में जाने को कह रहा है। यार मुझे तो तेरी कोई बात समझ नहीं आती।

टाइगरः देखो भई, आजकल ऐसे ही लोगों का बोलबाला है। ये मत भूलो कि हम भी उसी समाज का एक हिस्सा हैं और मैं कौन सा सारी उम्र उनकी सेवा करने की बात कर रहा हूँ। मैं तो केवल एक बार अपना धर्म निभाना चाहता हूँ, बस। उसके बाद जय राम जी की।

टोनीः भाई, मेरे पल्ले तेरी कोई बात नहीं पड़ रही, खैर तू बोल हमें करना क्या है?

टाइगरः हमें कल सुबह उनके दर्शन करने जाना है। तू एक काम कर, एक ड्राइवर का इंतज़ाम कर ले, जो कल के लिए हमारी गाड़ी चलाकर उनके पास ले जाए।

टोनीः अरे भाई, हमें ड्राइवर की नहीं, बल्कि एक सफेद टोपी की ज़रुरत है। बंदा आपकी खिदमद में हाज़िर है।

टाइगरः ये भी अच्छा है, चलो काम हो गया।

किरण और ज़्योतिः मगर हम दोनों को क्या करना है?

टाइगरः आपको 15 दिन तक 11सौ रुपए रोज़ महाराज जी के चरणों में भेंट चढ़ानी है।

किरणः अरे, मगर इस तरह तो हमारे काफी पैसे चले जायेंगें।

टाइगरः तभी तो हमें महाराज जी की कृपा प्राप्त होगी।

किरणः मेरी तो समझ के बाहर है, आप क्या सोच रहे हैं?

ठीक 15 दिनों बाद....

गजिंदर महाराजः बेटी, हम आप दोनों से अती प्रसन्न हैं। हम आपके पतियों से मिलना चाहते हैं। हम उन्हें बड़ा प्रसाद देना चाहते हैं। आप कल उन्हें हमारे ओफिस में भेज दीजिए, ये लो हमारा कार्ड।

घर वापिस आकर....

किरणः आप बिलकुल सही कहते थे, गुरु जी हमारी सेवा से बहुत प्रसन्न हैं और उन्होनें आप दोनों को कल अपने ओफिस में बुलाया है, ठीक 11 बजे।

टाइगरः मैं इसी दिन का इंतज़ार कर रहा था। किरण, आज से आप को वहाँ जाने की कोई ज़रुरत नहीं है। आपका काम खत्म, अब आगे हमारा काम शुरु होगा।

टोनीः मगर भाई, तेरे दिमाग में क्या है? मेरी कुछ समझ नहीं आ रहा।

टाइगरः सीधी सी बात है, मेरे दिमाग में सिर्फ लालच चल रहा है। बेटे पैसा पैसे को खिंचता है। तू अपने दिमाग पर ज़्यादा ज़ोर मत डाल और चुपचाप मेरे साथ चल।

टोनीः मेरे भाई, कब चलना है, 11 तो बजने वाले हैं? कहीं ऐसा ना हो कि हम लेट पहुँचे और वो हम पर गुस्सा हो जायें।

टाइगरः नहीं, वो हम पर गुस्सा नहीं होंगें। हम वहाँ 11:30 बजे तक पहुँचेंगें। चल तू गाड़ी निकाल और ज़रा रास्ते में किसी फल वाले के पास रोक लिओ। अरे भईया, ये फलों का टोकरा ज़रा गाड़ी में रखवा दो।

टोनीः अरे, पूरी दूकान ही उठा लाया। और ये क्या रख रहा है? टाइगरः हम गुरु जी के पास खाली हाथ थोड़े ना जायेंगें। ये है, हमारी तरफ से एक छोटा सा चढ़ावा पूरा 21000 रुपए। चल तू गाड़ी गेट की साईड पर लगा।

दरबानः अरे अरे कहाँ जा रहे हो?

टाइगरः हमें आपके महाराज जी ने बुलाया है, ये देखो हमारा कार्ड।

दरबानः माफ कीजिए साहब। जाइए, महाराज जी आपका ही इंतज़ार कर रहे हैं।

अंदर जाकर... गुरु महाराज जी की जय हो, हमारी तरफ से एक छोटी सी भेंट स्वीकार कीजिए।

दोनों ने महाराज जी के आगे दंड़वत किया और बोले ...

टोनी: महाराज जी, हम तो आपके दर्शन पा कर धन्य हो गए। आपने हमें याद किया। आप बताइए, क्या हुक्म है हमारे लिए?

टाइगर: महाराज जी, हम चाहते हैं कि आप हमें अपनी शरण में ले लीजिए।

महाराज: खुश रहो, बच्चा। हमने आपको अपनी शरण में लेने के लिए ही बुलाया है। हम ये जानना चाहते हैं कि आप दोनों, क्या काम करते हो?

टाइगर: गुरु जी हमारा फाईनैंस का काम है। हम पैसा ब्याज पर देते हैं। रोज़ का कुछ 10-20 लाख का धंधा हो जाता है।

महाराज: बेटा, थोड़ा विस्तार से समझाओ कि तुम किस प्रकार से काम करते हो?

टाइगर: गुरु जी, हम लोग अगर किसी को 10 लाख रुपए देते हैं तो उससे 12 लाख वसूल करते हैं। वो भी एक साथ नहीं, बल्कि किश्तों में। हमारी किश्तें 60 दिन की होती हैं। उन 60 दिनों में आपको हमें 12 लाख देने होते हैं, यानी की आपको 20000 हज़ार रोज़ हमें वापिस करने हैं। अगर एक दिन आप अपनी किश्त देने में चूक गए, तो अगले दिन आपको हमें 44000 रुपए देनें होंगें। हम पैसा उन्हीं को देते हैं, जिनकी रोज़ की सेल 1 लाख की होती है। हम किसी भी नये आदमी को पैसा नहीं देते। जब तक की, किसी पुराने ग्राहक की ज़मानत ना हो? ये है, हमारा कारोबार।

महाराज: मगर इसमें पैसा डूबने का खतरा भी तो रहता है। अगर ज़मानती और देनदार, दोनों ही भाग जायें तो?

टाइगर: जी, बिलकुल, ऐसा तो होता ही है। अगर 500 पार्टी हैं उसमें से 10 अगर भाग भी गई तो, कोई फ्रक नहीं पड़ता। मगर गुरु जी, आप ये सब क्यों पूछ रहे हैं?

महाराज: मुझे आपका काम पसंद आया। हम भी आपके साथ काम करना चाहते हैं। थोड़ा बहुत पैसा, हमारा भी लगा दो।

टाइगर: कितना पैसा, लगना चाहते हैं आप?

महाराज: ज़्यादा तो नहीं, बस 2,4 लाख से काम शुरु कर सकते हैं।

टाइगर: नहीं गुरु जी, ये नहीं हो सकता। हम नहीं चाहते की आपका एक भी रूपया डूबे। 4 लाख से काम नहीं होगा।

महाराज: तो बेटा, फिर कितने से काम शुरु हो सकता है? पहले आप थोड़े से शुरुवात तो करो, थोड़ा हमें भी विश्वास हो जाए, फिर ज़्यादा भी लगा देंगें।

टाइगर: ठीक है, अगर आप यही इच्छा है तो आप 10 लाख से शुरुआत कर सकते हैं।

महाराज: चलो ठीक है, हम तैयार हैं। बेटा श्याम, इन्हें 10 लाख रुपए दे दो।

टाइगर: ठीक है, गुरु जी हमें आप दो दिन का समय दीजिए। हम आपको परसों मिलते हैं। प्रणाम।

टोनी: अबे तेरे दिमाग में क्या चल रहा है, तेरा कौन सा फाईनैंस का काम है? कहाँ लगएगा, ये पैसे?

टाइगर: अरे यार तू ये देख कि जो बात मेरे दिमाग में चल रही है, वो कैसे काम कर रही है। देखा, हमारे चढ़ावे का असर। गुरु जी दुनिया को लूटते हैं, हमने आज उन्हीं को लूट लिया। तू बस देखता जा।

टोनी: भाई, ये मेरी समझ के बाहर की बाते हैं।

तीन दिन बाद ...

टाइगर: ये पकड़ 20000 रुपए और उनको बोल की आज से आपके खाते में 12 लाख आने की शुरुआत हो गई।

फिर ठीक 60 दिनों में उन्होंने गुरु जी के पास पूरे 12 लाख रूपसे पहुँचा दिए। गुरु जी बहुत खुश हुए। इसी तरह से गुरु जी पैसे चढ़ाते गए और खुब कमाई शुरु हो गई। फिर एक दिन उन्होंनें दोनो को बुलाया और कहा ...

महाराज: बेटा आप लोग मुझे पहले क्यों नहीं मिले? मैं चाहता हूँ कि अब मैं रोज़ 1 लाख रुपए कमाऊँ।

टाइगर: बस 1 लाख गुरुजी! हम तो चाहते हैं कि आप हमारे धंधें में हमारे साथ मिलकर रोज़ का 5 लाख का धंधा करें। देखिए, हमारा इस काम में 50 करोड़ रूपया लगा हुआ है। उससे हमें 2 करोड़ की आमदनी हो जाती है। उसमें से कुछ हम धर्म के काम में खर्च देते हैं, कुछ गरीबों में

बाँट देते हैं। कुछ से गरीब बच्चों की शादियाँ करवा देते हैं। उससे हमारे मन को बहुत शांती मिलती है।

गुरुजी: आप मेरा कितना पैसा लगा सकते हो?

टाइगर: देखिए हम आपके लिए 5 करोड़ की पार्टी ढूंढ़ सकते हैं। कहो तो हम आपसे सीधी बात करवा दें।

गुरु जी: अरे नहीं नहीं। हमें आप दोनों पर पूरा भरोसा है। हम सबके सामने नहीं आना चाहते। वो सब आप लोग ही देखो। हमारे कुछ खास लोग हैं, जो हमारे कहने पर पैसा लगा सकते हैं। तुम दोनों कल आ जाओ और पूरे 5 करोड़ ले जाओ।

टाइगर: अच्छा जी, हम कल मिलते हैं।

बाहर आकर.....

टोनी: मेरे भाई, तेरे चरण किधर हैं? अब समझ आ गई, मुझे तेरी सारी गेम, मगर क्या गुरु जी हमें इतनी बड़ी रकम पचनें देंगें।

टाइगर: मैंने कहा ना, तू बस देखता जा, सब पचने देंगें।

अगले दिन .....

टाइगर: गुरु जी की जय हो।

प्रणाम गुरु जी: आओ बेटा, खुश रहो। ये लो बैग, गिन लो।

टाइगर: कितने हैं, गुरु जी?

गुरु जी: इनमें 8 करोड़ हैं।

टाइगर: मगर बात तो 5 की हुई थी।

गुरु जी: अरे बेटा अब आ गए हैं, तो मैं इसे रख कर क्या करूँगा? अरे भोपिंदर सिंह..अरे आओ बैठो, बोलो, कैसे आना हुआ?

भोपिंदर सिंह: कुछ नहीं महाराज जी, मैं बाद में आ जाता हूँ।

महाराज: अरे नहीं नहीं, ये हमारे खास आदमी हैं, तुम बेझिझक हो कर बोलो?

भोपिंदर: महाराज जी, पता चला था कि आप का आदेश है कि कुछ टके की ज़रुरत है। तो मैंने सोचाा कि मैं भी कुछ भेंट करूं। इसलिए, ये लाया हूँ। इतने कम समय में ज़्यादा तो नहीं हो पाया, इसमें दो टके हैं। अच्छा गुरु जी, अब मैं चलता हूँ, प्रणाम ....

महाराजः ठीक है बच्चा, लो भई 2 खोके और आ गए, इन्हें भी ले जाओ। सबके सब लगा दो।

टाइगरः अच्छा गुरु जी, जैसी आपकी आज्ञा, अब हम चलते हैं। अब हम आपको 15 दिनों के बाद मिलेंगें, बाकि आपकी 10 लाख की किश्तें आपको मिलती रहेंगी। अच्छा जी, अब हम चलते हैं।

टोनीः यार ये क्या चक्कर चलाया तूने, कमाल हो गया? 10 करोड़! अब आगे क्या प्रोग्राम है? ये रकम भी लौटानी है, क्या?

टाइगरः अरे नहीं मेरे भाई, अगर लौटानी होती तो इतनी मैहनत क्यों करते? अब आगे तेरा काम ये है कि तुझे हर रोज़ न्यूज़ पेपर पड़ना है और उसमें ये देखना है कि कौन सी कम्पनी का दिवालिया निकला है?

टोनीः ठीक है, हो जायेगा भाई, मैं ध्यान रखता हूँ।

किरणः क्या बात है, आज तो आप बहुत खुश दिख रहे हैं? आप बतायेंगे हमें या फिर हम आपको एक खुशखबरी सुनायें?

टोनीः पहले आप दोनों ही सुना दीजिए, आज तो आप दोनों के चहरे भी चमक रहे हैं?

किरणः जी, आज हम दोनों डाक्टर बत्रा के पास गए थे। अरे वो अपनी लेडी डाक्टर बत्रा। उन्होनें हम दोनों को अच्छी तरह से चैक किया और बताया कि ... आप दोनों बाप बनने वाले हैं।

टाइगरः अरे वाह, आज का दिन तो वकाई ही बहुत मुबारक है। चारो ओर से खुशियों की खबर आ रही है। अरे वो देखो, आपके मम्मी, पापा भी आ रहे हैं। अरे पापा, मम्मी नमस्ते, आइये ना...

सुधीर और शमशेर और सभी घर वालों ने उनका स्वागत किया और सभी परिवारों ने एक दूसरे का बधाईं दी...घर में दोनों की गोद भराई की रस्में हुई और एक अच्छा खासा महौल बन गया। रात को जब सभी चले गए, तो किरण ने टाइगर से पूछा ....

किरणः क्या हुआ, आज तो आप गुरुजी के पास जाने वाले थे ना?

टाइगरः हाँ हम उन्हीं से तो मिल कर आए थे।

किरणः इस बैग में क्या है, बहुत भारी है।

टोनीः अरे भाभी, ज़्योति, खोल कर देख लो।

ज़्योतिः अरे किरण, ये तो नोटों से भरा हुआ है? आखिर ये दोनों काम क्या करते हैं? कोई अवैध काम तो नहीं कर रहे? वरना इतनी जल्दी, इतना पैसा नहीं कमाया जा सकता?

किरण और ज़्योतिः सुनिए जी, आप दोनों को आपके होने वाले बच्चों की कसम, सच सच बताइए कि आप क्या काम करते हैं? इतनी जल्दी करोड़ों कैसे कमाते हैं आप? देखिए झूठ मत बोलना।

टोनी: इसका जवाब तो टाइगर ही दे सकता है।

टाइगर: देखो, हम कोई भी ऐसा काम नहीं करते, जिससे हमें पुलिस से कोई भी खतरा हो। हम तो सिर्फ बईमान लोगों से पैसे ठगते हैं। जो लोग गरीबों का खून चूस चूस कर अपनी तिजोरियाँ भर रहे हैं। हम उनकी तिजोरियों से थोड़ा सा धन निकाल लेते हैं। उसमें से कुछ धन हमारे काम आता है और बाकि हम गरीबों में बाँट देते हैं। अब आप बताओ, इसमें क्या बुराई है? आप इस गुरुजी को देख लो, लोगों से दान ले लेकर इतनी दौलत जमा कर रखी है, कि पूछो मत। अब देखो। पैसा कमाने के चक्कर में इन्होनें हमें 10 करोड़ दे दिए। वो भी लालच में आ गए। जब तुम दोनों ने खूब चढ़ावा चढ़ाया, तो उन्होनें सोचा कि हम ऐसा कौन सा धंधा करते हैं कि जो रोज़ इतना चढ़ावा चढ़ाते हैं? हमने एक जाल फैंका और बेचारे गुरुजी उसमें फंस गए। वरना, मेरा दिमाग खराब नहीं है, जो इतना पैसा, तुम्हें माथा टेकने के लिए देता।

किरण: वाह क्या बात है? आप तो इन गुरुजी से भी आगे निकल गए। अब तो आपने हमें भी अपने गुनाहों में शामिल कर लिया। देखिए, किसी के गुनाह गिनाने से अपने गुनाह कम नहीं होते? हमें अपने बच्चों को इस दलदल में नहीं धकेलना। आप लोग हमें हमारे घर छोड़ दीजिए।

टाइगर: देखो किरण, ये सारा देश भ्रष्टाचार की आग में जल रहा है। हम तो बहुत छोटे से आदमी हैं। ये काम कोई गुनाह नहीं है। आप लोगों ने ही हमें कसम दे कर सच पूछा था। इसीलिए हमने आपको सब सच सच बता दिया। जब हमने आपको, सच बताया, तो आप हमें छोड़ कर जाना चाहती हैं। हमको छोड़ कर मत जाओ। हम आपके बिना नहीं रह सकते।

किरण: चल ज़्योति, ये लोग हमें नहीं छोड़ेगें, हम टैक्सी करके अपने घर चलते हैं।

ज़्योति: देख किरण, हमें कोई भी फैसला जल्दी में नहीं करना चाहिए।

किरण: तू समझ नहीं रही है। हमें इनको सुधारना होगा, वरना हम सब एक बड़ी मुसीबत में पड़ सकते हैं। तू नहीं जानती, अगर एक बार आसान तरीके से पैसा कमाने की लत लग गई, तो ये लोग सारी उम्र इन्हीं कामों में लगें रहेंगें और उसका अंत बहुत बुरा होगा। इसलिए, इन्हें सुधारने के लिए हमें ये नाटक करना होगा, मगर हम ना तो इधर मम्मी पापा को और ना ही अपने मम्मी पापा को बतायेंगें, बल्कि हम कहेंगें कि हम लोग डिलीवरी के लिए अपने घर जा रहे हैं। इससे किसी को कोई परेशानी नहीं होगी। फिर ये सिर्फ 1 महीने की ही तो बात हैं। एक बार डिलीवरी हो जाए, तब हम अपने घर आ ही जायेंगें और तब तक ये लोग भी सुधर जायेंगें।

दोनों ने ठीक उसी तरह से किया। जैसा उन्होनें सोचा था और टैक्सी पकड़ कर अपने घर आ गई।

पुष्पा: अरे बेटी किरण, ज़्योति, बेटा आप दोनों को इस हालात में ऐसे नहीं आना चाहिए था। हमारे जमाई कहाँ हैं?

किरण: अरे मम्मी, पापा आप लोग यूँ ही परेशान हो रहे हो। वो दोनो किसी काम से बाहर गए हुए हैं। इसलिए हम लोग यहाँ आ गए।

जगदीश: चलो अच्छा हुआ, वैसे भी तो इन्होनें डीलिवरी के लिए आना ही था। चलो कोई बात नहीं, अब आप लोग आराम करो।

थोड़े दिन बाद ....

टाइगर: यार टोनी, किरण और ज़्योति को गए हुए पूरे 25 दिन हो गए हैं। कहीं उन्होनें सारी बात अपने मम्मी, पापा को बता तो नहीं दी?

टोनी: नहीं यार, ऐसा नहीं हो सकता। अगर ऐसा होता तो, अब तक उनके मम्मी पापा हमारे घर पहुँच चुके होते। मगर उनको घर लाने के लिए हमें इन धंधों को बंद करना होगा।

टाइगर: अरे यार वो तो पहले से ही कह चुका हूँ कि हम आगे से ये काम नहीं करेंगें। यही हमारा आखिरी दाँव था। इतना मोटा हाथ

इसीलिए मारा है कि आगे हमें किसी और काम करने की ज़रुरत नहीं पड़ेगी। हम इस पैसे से कोई भी बड़ा काम कर सकते हैं।

टोनी : मगर गुरु जी से कैसे छुटकारा मिलेगा?

टाइगर: उसका इंतजाम भी हो गया है, मेरे भाई। ये देख आज के पेपर में आया है कि इन दो कम्पनियों का दिवाला निकल गया है। इनके नाम हैं, दुलिचंद एन्ड सन्स और ये मुफ्तलाल एन्ड सन्स। आज हमें फिर से अपने बचपन का नाटक करना होगा।

टोनी: मैं समझा नहीं? क्या नाटक?

टाइगर: तुझे याद है, बचपन में हमने मुन्नी को दूध पिलाने के लिए उस मैंडम से 10 रुपए लिए थे। रोने का नाटक करके कि हमारे पैसे गुम हो गए हैं। बस वही नाटक एक बार फिर से करना है। इस आखिरी मुसीबत से और रोज़ रोज़ मेकप करने से हमारा ज़िंदगी भर के लिए छुटकारा मिल जायेगा। तू एक काम कर, जल्दी ये मेकप कर और अपने कपड़े फाड कर रोनी सूरत बनाकर, गुरु जी के ओफिस चल और जैसे मैं करूं, तू भी बिलकुल वैसे ही करना।

दोनों ने रोनी सूरत बनाई और रोते पीटते हुए गुरुजी के ओफिस पहुँच गए और उनके चरणें में गिरकर बोले ....

टाइगर: गुरु जी हमें बचा लो, हम लोग बरबाद हो गए, हम लूट गए, हम सड़क पर आ गए।

गुरु जी: अरे मगर हुआ क्या, ये तो बताओ?

टाइगर: गुरु जी, ये देखिए आज का पेपर।

गुरु जी: अब इसमें क्या है? साफ साफ बताओ ना?

टाइगर: गुरु जी इसमें लिखा है कि ये दो कम्पनियों का दिवाला निकल गया है। अरे इनका क्या हमारा दिवाला निकल गया गुरुजी। हमनें 50 करोड़ रुपए इन्हीं कम्पनियों में लगाए थे। हमारे पैसे जाते तो कोई बात नहीं थी, मगर गुरु जी आपके पैसे भी डूब गए।

गुरु जी: अबे ये क्या बोल रहे हो? इसमें तो हमारे बहुत से जजमानों का पैसा लगा हुआ था। इससे तो हमारी बहुत बदनामी हो जायेगी। हमें क्या पता था, कि हम बरबाद हो जायेंगें।

रामदास चेला: गुरुजी, ये दोनों नाटक कर रहे हैं। ये हमें लूटने की कोशिश कर रहे हैं। इन सालों का पुलिस के हवाले कर देते हैं, वो लोग खुद ही बकवा लेंगें कि सारे पैसे कहाँ हैं?

टोनी और टाइगर: अच्छा है, गुरुजी, आप हमें जेल भेज दीजिए। वहाँ हमें कम से कम दो वक्त की रोटी तो मिल ही जायेगी।

रामदास: अभी फोन लगाता हूँ, पुलिस को।

गुरु जी: अबे तेरा दिमाग तो नहीं खराब हो गया? तू समझ नहीं रहा है, अगर मामला पुलिस तक गया, तो हम ऐसे चक्कर में फंस जायेंगें। ज़िंदगी भर हमें कोई भी छूडवा नहीं पायेगा। पहली बात हमारे पास कोई सबूत नहीं है कि हमने इन्हे इतना पैसा दिया है। दूसरा, इंकम टैक्स वाले हम से पूछेंगें कि हमारे पास इतना कैश कहाँ से आया। बेटा, हमारी तो ज़िंदगी भर की साख मिट्टी में मिल जायेगी। हमें अब अपने जजमानों को किसी और तरीकों से समझाना होगा। मगर ये बात पक्की है कि हम बरबाद हो गए हैं और ये भी।

जाओ भाई, मगर हम तुम्हें कभी भूलेंगें नहीं।

टाइगर: गुरु जी, मरे हुए को और क्या मारेंगें? हम तो तैयार हैं, मरने के लिए। मगर आपने हमें क्षमा करके, बहुत ही उदारता का काम किया है। एक छोटा सा काम और कर दीजिए। सुबह से हमने ना तो कुछ खाया है और ना ही हमारे पास घर जाने के लिए पैसें हैं। अगर कुछ पैसे मिल जाते तो।

गुरु जी: रामदास बेटा, इन भिखारियों को 500 रुपए दे दो और इन्हें हमारे आँखों से दूर कर दो।

टोनी और टाइगर को वहाँ से धक्के मार मार कर निकाल दिया और दोनों नाटक करते करते वहाँ से बाहर आ गए और ओटो में बैठ कर बाते करने लगे।

टोनी: भाई मान गया तेरे दिमाग को, क्या बात है, जाते जाते भी गुरु जी को 500 की चपत लगा दी।

टाइगर: चल भाई इस मेकप को अब हमेशा हमेशा के लिए निकाल कर इस डिब्बे में डाल दे।

टोनी: ले भाई हो गया, अब?

टाइगरः अरे भाई, रिक्शा यहीं रोक दे। आप ये डिब्बा, वहीं दे आओ, जहाँ से हमें लिया था। कहना गुरु जी के लिए पार्सल है।

उसके जाने के बाद ...

टाइगरः टोनी झाड़ियों के पीछे से अपनी बाइक निकाल और सीधा घर की ओर ले ले, उससे पहले रोकियो मत कहीं भी।

टोनीः जैसी आज्ञा भाई, जय गुरु जी।

रिक्शा वालाः अरे सुनो, ये पार्सल गुरु जी के लिए है।

रामदासः ठीक है, जाओ ... गुरु जी ये आपके लिए पार्सल आया है।

गुरु जीः क्या है, इसमें?

रामदासः इसमें तो नकली चहरे हैं और एक पत्र है आपके नाम। इसमें लिखा है, कि गुरु जी हमने तो सारे गलत धंधे छोड़ दिए हैं। अब आप भी ये ठगी का काम बंद कर दो। जय गुरु देव...

गुरु जीः अबे साले पकड़ो उन ठगों को, जहाँ मिल जाएँ, पकड़ कर लेकर आओ हमारे सामने।

घर पहुँच कर ...

टाइगरः ले भाई टोनी आज से हम पोंगा पंडित हो गए।

टोनीः अरे रुक यार ज़्योति का फोन आ रहा है। हैलो ज़्योति कैसी हो?

ज़्योतिः हम ठीक हैं, मुबारक हो अब आप दोनों बाप बन गए हैं। दोनों ने लड़कों को जन्म दिया है। लो किरण से बात करो।

टोनीः टाइगर किरण का फोन है।

किरणः टाइगर जी मुबारक हो, बेटा हुआ है।

टाइगरः अरे वाह, मुबारक हो, अपना ध्यान रखना।

टोनीः चल यार, चलते हैं, बच्चों का देखने की इच्छा हो रही है।

टाइगरः देख भाई, तुझे जाना है तो जा। ज़्योति ने तुझे बुलाया है। मुझे तो सिर्फ ये बताया कि बेटा हुआ है और कहा मुबारक हो, हमें तो आने के लिए नहीं कहा। यार, वो हमसे रुठ गई है। मैं तो बिना बुलाए हुए नहीं जाऊँगा। तुझे जाना है तो जा।

टोनीः भाई, बुलाया तो मुझे भी नहीं, अगर तू नहीं जायेगा, तो मैं भी नहीं जाऊँगा।

जगदीश और सूरजभानः भाई साहब, हमारी बेटियों को यहाँ आए पूरा एक महिना हो गया और बच्चों को हुए भी पूरे 5 दिन हो गए हैं। मगर हमारे जमाई, अभी तक मिलने नहीं आए। कहीं बच्चे हमसे कुछ छुपा तो नहीं रहे? बोलो बेटा, क्या बात है? हमारे जमाई, कहीं हमसे नाराज़ तो नहीं हैं? जो आज तक हमसे मिलने नहीं आए?

किरणः अरे नहीं पापा, ऐसी कोई बात नहीं हैं। हम उनसे सिर्फ इस बात से नाराज़ थे कि वो लोग काम से बहुत दिनों के लिए बाहर रहते हैं।

सूरजभानः बेटा ये तो कोई बात नहीं हुई! काम से तो हम लोग भी बाहर जाते हैं। ये तो अच्छी बात है। चलो कोई बात नहीं, कल तो सब लोग आ ही जायेंगें, कल तो छठी की पूजा है। हमनें अपनी समधियों को न्यौता भेज दिया है।

किरणः अरे ज़्योति, तुम क्या कहने जा रही थी कि ये हमारा नीजी मामला है। मैंने तुम्हें पहले ही कह दिया था कि हम मम्मी, पापा को कुछ नहीं बतायेंगे। आखिरकार हमें उसी घर में ही तो जाना है।

ज़्योतिः हाँ, किरण, तुम ठीक कह रही हो। मगर अब हम उन दोनों को कैसे मनाऐं, अगर वो दोनों कल नहीं आए, तो हमारा भांड़ा फूट जायेगा।

ज़्योतिः उसका समाधान ये है कि तू उनको फोन कर और कह कि मुझसे और तुझसे बहुत बड़ी भूल हो गई है। हमने तो ये सब तुम्हें सुधारने के लिए ही किया था। आपकी कोई भी बात हमने मम्मी, पापा को नहीं बताई। यदि अब आप दोनों कल नहीं आए, तो सारी बात मम्मी, पापा के सामले खुल जायेगी। इसलिए, कल आप दोनों ज़रुर आना और हमें और बच्चों को घर ले जाना। हम आज के बाद ऐसी हरकत कभी नहीं करेंगें।

किरण ने पूरी बात टोनी से कह दी और टोनी ने सारी बात टाइगर को बता दी।

टाइगरः यार तेरी बात बिलकुल सही निकली, उन्होनें अपने मम्मी, पापा को कछ भी नहीं बताया। हमें भी अब उनके पास जाकर उनसे माफी माँगनी चाहिए। अगले दिन पूरा परिवार मिठाईयाँ और बहुत सारे तौफे लेकर किरण और ज़्योति के घर पहुँचे, जहाँ पूरे दिन एक शानदार पार्टी

हुई। शाम को टाइगर और टोनी ने अपने अपने बच्चों की कसम खाई और कहा कि वो आगे से कभी भी ऐसा काम नहीं करेंगे। उसके बाद किरण और ज़्योति ने भी उनसे माफी माँगी की वो भी आज के बाद उन्हें ऐसे कभी भी छोड़ कर नहीं जायेंगी। फिर वहाँ से पूरा परिवार अपने घर आ गया और सब राजी खुशी अपनी ज़िंदगी बिताने लगे।

.... समाप्त ....

* 9 7 9 8 8 8 8 6 9 8 0 5 1 *

FCW - #0196 - 061026 - C0 - 203/127/7 - PB - 9798888698051 - Gloss Lamination